생의 마지막 날까지

세계적 명상가
홍신자의 인생 수업

생의 마지막 날까지

홍신자 지음

다산
책방

사진 자료 제공

한국문화예술위원회 아르코예술기록원(기증자: 홍신자)

커뮤니티아트랩 KOJI

웃는 여자(The Woman Laughing), 2001년

네 개의 벽(Four Walls), 1985년

나선형의 대각선(Spiral Stance), 1984년

이불 위에서, 2021년

이불 위에서, 2021년

장례, 2020년

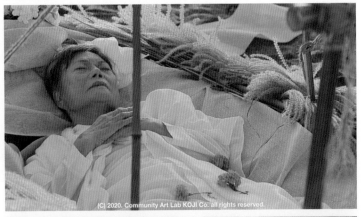

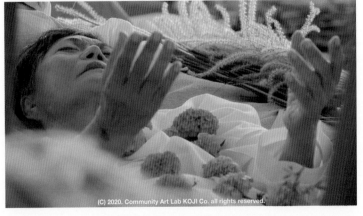

크랩의 마지막 테이프, 2022년

이불 위에서, 2021년

어제보다 더 자유로운
오늘

올해로 나는 여든세 살이다. 누가 보아도 인생의 경험이 적다고는 할 수 없을 나이다. 역동적인 활동기보다는 휴식기에 가까워진 나이라고 해야 할까. 물론 휴식기라고 해서 인생이 끝났다는 의미는 아니다. 내 삶은 여전히 진행되고 있으니까. 하지만 내가 죽음과 그리 떨어져 있지 않다는 사실도 잘 알고 있다. 스스로 장례도 이미 치른 마당에 죽음과 멀리 있다고 말할 수는 없다. 나는 안다, 지금까지 살아온 날보다 살아갈 날이 현저히 적으리라는 것을.

작년 겨울, 제주도에서 사뮈엘 베케트의 원작을 바탕

으로 한 〈크랩의 마지막 테이프〉라는 공연에 노인으로 출연했다. 아마 가장 자연스러운 나의 모습이었겠지. 나는 나보다 늙은 이가 무대에서 춤을 추는 모습을 본 적이 없다. 그렇기에 여전히 무대에 설 수 있음에 감사하며 무대 위에서 나 스스로에게 감동을 받기도 했다. 사뮈엘 베케트의 희곡을 새롭게 해체한 이 공연은 무용이기도 하고, 연극이기도 했다. 공연을 관람하고 나서 많은 이들이 "연극인가요? 무용인가요?"라고 질문했다. 나는 연극이면서 무용이고, 무용이면서 연극이라고 대답했다. 한 장르로 나뉘지 않는 작품이라는 점에서 나와 닮아 있는 것도 같았다.

누군가에게 나를 소개한다면 제일 먼저 무용수라는 정체성이 따라붙겠지만, 나는 나 자신을 무용수라고만 정의 내리지 않는다. 이제껏 무용을 해왔지만 나는 글을 쓰는 작가이기도 했고, 명상가이기도 했고, 자연을 즐기는 자연주의자이기도 했고, 또한 소리로 나를 표현하고 싶은 사람이기도 했다. 나는 여전히 지금의 나, 홍신자로서 하나로는 정의할 수 없는 삶을 살고 있다. 내 삶을 다시 한번 뒤돌아봐도 나는 내가 많이 살았고, 하고 싶은 것은 다 했고, 가고 싶은 곳도 다 가보았으며, 다양한 사람도 만나보았다고 생각한다. 이제는 더 이상 새롭고 멋진 사람을 만나야겠다는 생각도 없다.

83년을 살아가면서도 실제로 나에게 83년이라는 시간이 흘렀다는 것을 체감하기는 어려웠다. 막상 돌이켜 생각하면 시간이 언제 이렇게 흘렀는지 아득하게 느껴진다. 나에게 선명하게 남아 있는 것은 늘 오늘, 지금이었기에 아마 당연한 일인지도 모른다. 나는 늘 나의 뒷모습을 보려고 노력했다. 또한 모든 시간을 몸으로 받아내기 위해 노력했고, 그것을 또렷하게 기억하려고 노력했다. 하지만 세월이 흐른 지금 그것들을 전부 또렷하게 기억하고 있다고 말하기는 어렵다. 다만 그 시간 속을 지나온, 노인이라고 불려도 전혀 위화감이 없는 나 홍신자는 전보다 더 자유로워지고 있음을 느낀다.

나는 매일 어제보다 자유로워진 나를 느낀다. 눈을 뜨면 육체적으로 불편한 부분과 껄끄러운 부분을 어쩔 수 없이 마주하지만, 나는 전보다 더 가벼운 정신으로 눈을 뜬다. 그리고 오늘 해야 할 일을 생각한다. 만약 미리 선을 그어두고, 거기까지만 하고 휴식하겠다는 마음을 먹었다면 그런 정신으로 눈을 뜨지는 못했을 것이다. 늘 이 정도면 되었다, 라는 선을 정해놓고 살지 않았다. 83년을 살았고, 여기까지 왔으니 잘 먹고 건강하게만 가자, 라는 마음보다는 여기까지 왔으니 더 자유로워지고 싶은 마음이었다.

나는 매일 어제보다 오늘에 대해서 생각한다. 눈을 뜨면 보이는 것과 느껴지는 것, 몸속에서 생겨나는 작은 불편까지도. 오늘의 나로서 그것들을 다시 바라보며 다시 느끼는 것이다. 80대는 20대와 다르지만 나는 같은 자세로 눈앞에 있는 것들을 바라보려고 노력한다. 그런 의미에서 인생은 끝이 없다. 나는 내가 얼마나 더 살지 알지 못한다. 그것은 나이를 떠나서 다른 사람들의 경우도 마찬가지다. 다만 가야 할 길이 조금은 더 있다고 믿는다. 죽는 순간까지 나는 내 몸과 정신을 자유롭게 하기 위해 노력할 것이다. 선을 정해두지 않았고, 아직 가야 할 길은 멀기에.

83년이라는 시간을 온전히 몸과 정신으로 받아낸 지금 내가 할 수 있는 말은 83세까지 살아보는 일도 나쁘지 않다는 것이다. 아직 더 나아가야 할 내일이 있고, 나는 지금 내 삶을 충분히 사랑한다. 눈을 뜨면 내리쬐는 햇빛, 활짝 열려 있는 깊고 넓은 하늘과 모든 것을 그대로 받아내고 있는 땅…… 그 외에도 경배할 수밖에 없는 모든 자연과 전보다 쪼그라진 내 뒷모습, 나의 벗은 몸까지.

나는 자유롭게 태어났으니, 죽을 때도 자유로울 것이다. 삶을 사는 동안 더욱 자유로워져야 한다는 생각으로 여전히 살고 있다. 이 글은 늘 오늘이라고 불려왔던, 나와 자유를 위한 날들에 대한 이야기다.

이번 책에서 내가 하고 싶은 이야기를 전보다 더 많이 한 것이 아닌가 싶다. 내가 나라는 한 인간의 삶을 기록하며 책에 담고 싶었던 것은 한 가지였다. 삶이 어딘가로 가닿기에는 아직 멀었고, 자유로움 또한 멀게만 느껴지는 사람들에게 이 책이 도움이 되었으면 한다.

차례

낯설고 위태로운
출발선에서

나는 알윈 니콜라이Alwin Nicolai의 무용 학교에서 처음 무용을 배우기 시작했다. 알윈 니콜라이는 무용으로 나를 감동시킨 최초의 사람이다. 이제 막 무용을 시작한 어느 날, 그의 강의에서 이런 이야기를 들었다. 단순하지만 나에게 큰 인상을 남긴 이야기였다.

필라델피아에서 미국 출신 무용가 이사도라 덩컨Isadora Duncan의 공연이 열렸을 때였다. 무대가 끝난 후 니콜라이는 우연히 두 관객의 대화를 듣게 되었다. 한 관객이 "그녀가 무대 바닥에서 천천히 일어나며 팔을 조금씩 들어 올리는 장면에서 눈물이 나왔어"라고 말하자 다른 관객이 "나도 바로 그 장면에서 눈물을 흘렸는데!"라며 깜짝 놀랐다고 한다. 그들은 각각 무대에서 먼 발코니 위쪽 끝과 무대 바로 앞쪽에서 춤을 보았다. 아무리 같은 극장 안이라고 해도, 무대와의 거리가 다르고 각도가 다르면 눈으로 받아들이는 춤의 그림과 영상도 완전히 다를 수밖에 없다. 그러니 두 사람은 눈으로는 다른 것을 보았는데 동시에 같은 것을 느낀 것이다. 더구나 이사도라의 동작은 그저 일어나며 팔을 들어 올리는, 단순하기 그지없는 것이었는데도 말이다.

나는 이 이야기를 듣고 무언의 단순한 몸짓만으로도 사람을 눈물 흘리게 만들 수 있다는 것에도 감동했지만, 무엇보다 무용이 단지 시각에만 호소하는 예술이 아니라는 점을 강하게 깨달았다. 눈에 보이지 않는 그 무엇이 전달된다…… 그리고 눈에 보이지 않는 그것을 보는 '눈 아닌 눈'이 있다……. 무엇이 전달되고 무엇으로 그것을 보는지, 이제 막 무용을 시작한 햇병아리로서는 당장 명확히 이해할 수는 없었지만 그래도 어떤 결심이 마음속에 떠오르고 있었다.

어쨌든 나는 겨우 출발선에 섰을 뿐이다. 그 사실은 앞으로 춤을 추면서 계속 풀어가야 할 과제였다. 나에게는 이런저런 생각을 하는 것보다 우선 춤 공부에 매진하면서 몸을 훈련시키는 것이 더 중요했다. 큰 감동을 주는 춤을 출 수만 있다면…… 당장은 그것이 전부라고 생각하자고 그때 나는 스스로를 타일렀다.

내가 무용가가 되리라고는 꿈에도 생각하지 못했다. 그런데 무용가가 되었고, 마치 배가 고파 밥을 먹듯 그렇게 춤을 추며 살고 있다. 생각해 보면 우스운 일이다.

한국에서 대학을 다닐 때, 그리고 미국으로 유학을 떠날 때까지만 해도 머릿속에 무용을 하겠다는 생각이 떠오른 적은 단 한 번도 없었다. 그때까지 현대 무용을 제대로 구경조차 해보지 못했었다. 한국의 대학에서는 영문학을 전공했다. 특별히 전공하고 싶은 것이 없었던 나는 미국에 대한 막연한 동경 때문에 영문학을 전공으로 선택했다. 대학 4년 동안 학문으로서보다는 도구로서 영어를 공부했다. 그리고 대학을 졸업하고 얼마 지나지 않아, 1966년에 미국으로 떠났다.

그때 미국은 나에게 꿈이자 자유였다. 거기에선 무엇

이든 해볼 수 있고 이룰 수 있겠다고 생각했다. 하고 싶은 것들이 너무 많았다. 대부분 다분히 세속적인 것들이긴 했지만, 한마디로 요약하자면 '실컷 살고 싶다'는 것이었다. 나를 불태우기 위해선 구속할 것이 전혀 없는 새로운 공간이 필요했다. 그래서 미국을 선택했던 것이다.

1966년 6월, 미국으로 떠나던 날. 배웅을 위해 김포공항으로 나와준 식구들 모두가 내가 떠난다는 것에 아직도 놀라고 있었다. 며칠 전에 갑작스럽게 통보한 터였기 때문이다. 그때만 해도 미국 비자를 받기가 쉽지 않았다. 유학 자격시험, 인터뷰, 재정보증서 제출, 보증인 마련 등등 지금보다 훨씬 까다로운 조건들을 충족시켜야 했고, 서류 제출부터 비자가 나오기까지 3년이 걸렸다. 중간에 문제가 생겨 다시 서류를 제출하느라 몇 개월을 허비하면서는, 과연 갈 수나 있을까 싶을 정도로 모든 것이 불투명한 상태였다. 그렇기 때문에 출국이 확정되기 전까지는 어떤 말도 꺼낼 수 없었다.

어머니와 아버지는 이틀 전에야 내가 떠난다는 사실을 알았다. 모두 믿기지 않는다는 표정이었다. 막 떠나려는 사람을 앞에 두고 온 가족이 저마다 못마땅하다는 듯 한

마디씩 던졌다.

"그런 데 간 사람치고 잘되는 사람을 못 봤다."

"시집이나 가지 과년한 처녀가 이게 무슨 일이냐?"

"지금이라도 생각을 바꾸면 안 되겠니?"

나는 외로웠다. 자유를 찾겠다는 결심을 한 후 내 속에는 많은 명제들이 들끓고 있었지만, 그것을 밖으로 꺼내 놓는 게 불가능했기 때문이다. 내가 무슨 말을 한들 가족을 이해시킬 수 없다는 것을 알았기에 입을 굳게 다물고 대답하지 않았다. 개중에는 이런 말로 마음을 돌이켜 보려는 사람까지 있었다.

"비행기 타는 게 얼마나 위험한 건지 알기나 해?"

아닌 게 아니라 비행기가 폭발할까 봐 걱정하던 시절이었다.

미국에 도착하기까지는 거의 2박 3일이 걸렸다. 직행으로 갈 수 있는 항로가 없었기 때문이다. 일본에서 하루를 경유한 뒤에, 비행기를 갈아타고 하와이 호놀룰루로 가서 또다시 환승해야 했다.

비행기가 칠흑 같은 하늘 위에 떠 있는 동안, 마치 허허벌판 같은 광막한 사막을 향해 날아가는 듯한 느낌이 나를 가득 메우기 시작했다. 거기, 뉴욕이라는 엄청난 대도시를 대비해 내게 준비되어 있는 것이 아무것도 없음을 실감했기 때문이다.

처음부터 끝까지 모든 것을 나 혼자 헤쳐 나가지 않으면 안 되었다. 내가 도착하고 며칠이 지났을 때 먼저 유학을 와 있던 친구가 숙소로 찾아왔다. 그리고 미국 생활의 여러 가지를 마치 관공서 직원처럼 사무적인 투로 일러주고는 이렇게 말했다.

"나한테는 내 생활이 있어. 아주 바쁜 생활이지. 내가 엄마처럼 너를 도와줄 수는 없어."

그러고는 금세 자리에서 일어서더니 사라져 버렸다. 내심 믿고 있었던 친구마저 내가 기대어 서기도 전에 슬쩍 비켜선 것이다. 나는 거의 쓰러지기 일보 직전이었다. 아르바이트에 학교생활까지 이어가느라 친구도 마찬가지로 바쁘다는 것을 알았지만, 의지할 곳이 없는 나에게는 냉정하게만 느껴졌다. 가슴 아픈 일들이 매일같이 일어나던 시기였다. 그래서 더욱 야속했지만, 친구가 그때 그렇게 처신하지 않았더라면 미국 생활에 적응하기가 더 어려웠을 것이다. 어차피 모든 일은 혼자서 해내야 하는 것이므로. 뉴욕에서의 삶은 한동안 야속하고, 외롭고, 두려운 하루하루의 연속이었다.

우연이자 운명처럼 찾아온
무용 인생

미국에 가서도 영문학을 계속 공부하겠다고 막연히 생각했던 것과 달리, 막상 도착하고 나니 이미 그 생각은 사라지고 없었다. 단 한 가지만이 분명했다.

"나는 앞으로 하고 싶은 것만 하고, 하고 싶은 것이라면 무엇이든 한다."

내가 가진 유일한 명제였다. 그 외에 분명한 것이라곤 아무것도 없이, 뉴욕의 한 모퉁이에서 거대한 미국의 모습을 숨죽여 응시하며 나는 새로운 인생을 모색하고 있었다. 당장은 내가 가장 하고 싶은 것이 무엇인지조차 불분명했다. 일단은 그것을 탐색하면서 방황하는 일에 시간을 바쳐야 했다.

그렇게 한동안 고민한 끝에, 어학 코스를 마치고 코넬대학교 호텔경영학과에 등록했다. 1년 동안 기숙사 생활을 한 뒤 학교 친구와 함께 값싼 아파트를 얻으면서부터 본격적으로 뉴욕에서의 삶이 시작되었다. 비록 잠깐이긴 했지만 어떻게 그런 분야에 매력을 느끼게 된 건지, 지금 내가 걷고 있는 길과 견주어보면 웃음이 난다. 호텔경영학이라는, 한국에서 들어본 적 없는 그 생소한 단어가 자아내는 노골적이고 세속적인 인상에서 어떤 신선함을 느꼈는지도 모른다.

한동안은 열심이었지만, 그야말로 완전히 비즈니스적인 분야라는 사실을 느끼면서부터 앞날을 머릿속에 그려볼 때마다 답답해졌다. 하고 싶은 것만 하겠다고 결심했는데, 이게 정말 내가 하고 싶었던 일일까? 이렇게 돈을 벌어서 무엇 하려고? 나는 회의에 빠졌다.

그러던 차에, 누군가의 말처럼 '우연을 가장한 숙명'으로 춤이 내게로 찾아왔다. 현대 무용의 대가였던 알윈 니콜라이의 공연을 우연히 보게 된 것이다. 당시에 그는 전위 무용을 했는데, 무대와 조명, 리듬, 음향, 동작 등 그를 둘러싼 모든 것 앞에서 나는 어떤 전율에 사로잡히고 말았다. 아, 춤으로 이런 세계를 펼칠 수 있구나. 저 한없이 자유로운 춤! 말로 미처 표현할 수 없는 정념과 욕망과 상상과 철학, 그것을 저렇게 손으로, 팔로, 다리로, 온몸으로 표출할 수 있다, 분출할 수 있다!

'저것이다!' 하는 깨우침이 순간적으로 찾아왔다. 지금까지의 삶에서 나의 가장 큰 고통은 가슴속 응어리를 분출해 내지 못한 것이었음을 새삼스럽게 깨달았다. 나는 분출하고 싶었던 것이다.

열에 들떠 집으로 돌아오자마자 침대 위에 몸을 던졌다. 집이라곤 하지만 독신 할머니들이 주로 입주해 있는 임시 주거지 같은 곳이었는데, 당시 나는 모델 일을 하면서 학교에 다니는 한 여자와 룸메이트가 되어 생활하고 있었다. 침대에 엎드린 채로 꼼짝 않고 생각했다. 나는 이제 춤을 출 것이다. 모든 것을 터뜨리고 분출하는 춤을 출 것이다. 내가 침대에 시체처럼 엎드려 있으니 룸메이트가 궁금해하며 무슨 일이냐고 거듭 물었다. 나는 아무 일도 없었다고 간단히 대답했지만, 그날의 일은 내가 일생 동안 겪은 것 중 가장 큰일이었다. 1967년. 미국으로 건너간 지 꼭 일 년 만의 일이었고, 그때 내 나이는 만 스물일곱이었다.

다음 날, 나는 유명하다는 무용 카운슬러를 찾아가 내가 무용을 할 수 있겠는지 물었다. 카운슬러는 내 나이를 듣더니 뜻밖이라는 듯 눈을 동그랗게 떴다. 남들은 열 살도 안 되어 시작하는데, 스물일곱에 시작하기엔 좀 어렵지 않겠냐면서 고개를 저었다. 육체적으로 적응하기 힘들 테니 무용가로 성공할 생각은 애초에 하지 않는 게 좋겠다고 했다. 어쩌면 당연한 대답이었는데도, 나로서는 전혀 예상치 못했던 터라 온몸에서 힘이 쭉 빠져나갔다. 내가 너무 암담해하는 게 안되어 보였는지 카운슬러는 위로하듯 말했다.

"당신은 동양인이어서 그런지 모르지만 그렇게 나이 들어 보이진 않아요."

그 말을 뒤로하고 나오면서 나는 생각했다.

'내가 또 잘못 짚은 것일지도 모르지만 지금으로선 가장 하고 싶은 것이 무용이다. 이것뿐이다. 무엇이든 하고 싶은 것을 하자고 마음먹지 않았던가. 포기하진 말자. 단지 어렵다는 것이지 할 수 없다고 말하진 않았다. 가령 내가 무용가로 성공하지 못할지라도…… 아니, 성공할 수 없다는 생각은 하지 말자. 나는 꼭 성공하고 싶다, 성공해야 한다, 성공할 것이다. 내 인생의 한 시기에 해답처럼 다가온 이 무용을 향해 지금 나아가지 않는다면 평생 한이 될지도 모른다. 어쨌든 배우겠다는데 그것을 누가 말리겠는가.'

나는 알윈 니콜라이가 세운 무용 학교가 뉴욕에 있다는 것을 알아내고 그다음 날 바로 등록했다. 그러고 나자 다른 것은 이제 눈에 들어오지 않았다. 그때까지 쥐고 있었던 호텔경영학을 놓아버리곤 뒤도 돌아보지 않았다.

그렇게 시작한 것이 나의 무용 인생이다.

내가 되고 싶었던 것은 무용가였다. 그런데 그로부터 8년 동안 나는 무용가라기보다는 '운동선수'로 살았다. 다시 젊음이 주어진다고 해도 그때의 육체적 고통을 감수하는 무모함을 발휘할 자신은 없다. '근육을 찢었다'는 표현이 꼭 맞았다. 태어나서 한 번도 해본 적 없는 동작들의 연속이었다. 춤을 위해 매일같이 근육을 펴고 다스렸다. 팔도 찢고 다리도 찢고 목과 어깨도 찢고 허리도 찢었다. 어느 날 아침에는 침대에서 일어나다가 그대로 꼬꾸라져 화장실까지 기어가기도 했다. 고통은 엄청났지만 '몸'이라는 것을 처음으로 절실히 느끼고 발견할 수 있었던, 참으로 소중한 시간이었다.

언제나 그랬듯 경제적으로 참 어려운 시기였다. 밤이고 낮이고 지친 몸을 질질 끌며 푼돈을 벌 수 있는 일거리를 찾아 헤매야 했다. 모두의 반대를 무릅쓰고 도망치듯 떠나온 유학이었기에 고향의 부모님께 손 벌릴 입장이 아니었다. 부모님도 물론 나에게 뭉칫돈을 던져줄 만한 형편이 아니었겠지만. 그러니 나를 먹여 살리는 것은 전적으로 내 몫이었다. 호텔에서 접수를 받는 번듯한 일부터 고양이 밥 먹이는 허드렛일까지, 그야말로 안 해본 일이 없었다. 그런 와중에도 니콜라이 무용 학교와 컬럼비아대학교 무용과 대학원 석사과정을 거치고, 뉴욕 예술학교에서 안무 공부를 마쳤다. 한눈팔지 않았고 눈코 뜰 새도 없었다. 문자 그대로 온몸을 바친 8년의 세월이었다. 방세가 싼 곳만 찾아 예닐곱 차례 이사를 다니는 동안 폐허를 방불케 하는 스탠턴거리의 빈민촌을 한 번도 벗어나지 못했다.

　이렇게 세월을 보내고 나니, 뉴욕 예술학교를 마칠 무렵 학교 무대에 올린 나의 실험적인 작품을 보고 학장이 "이제 네게는 더 가르칠 것이 없다"라고 했을 땐, 마치 스승으로부터 하산을 허락받은 검객처럼 비장해져서 눈물이 핑 돌았다.

허무가 담긴
춤

무용을 시작하고 나서는 뜨거운 열정으로 그것에 매달렸으므로 외로움을 탈 겨를이 없었다. 철저히 혼자서 삶을 헤쳐나가겠다는 거듭된 다짐이 마침내 효과를 발휘한 건지도 몰랐다. 춤과 함께한 이후 몇 년간은 외롭지 않았다. 그러나 아무래도 외로움을 해결했다기보다는, 단지 그것을 잊고 있었던 모양이다.

내 춤을 보아온 사람들은 말한다. 당신의 춤에는 허무의 쓸쓸한 냄새가 배어 있다고. 그 밑에 깔려 있는 불가항력의 짙은 허무 없이는 춤이 존재하지 않을 것 같다고. 그렇다. 나는 춤을 통해 인생의 허무를 노래하거나 울부

짖고 있었다. 처음부터 그러한 각본이 있었던 건 아니지만, 작품들을 하나씩 발표하고 나서 돌아보니 허무를 빼고서는 이야기할 수 없게 되었다.

나는 왜 허무를 주제로 삼았을까. 왜 그토록 지독한 허무를 내내 끌어안고 살았을까. 태생적으로 그럴 수밖에 없는 사람인 걸까. 게다가 너무 일찍 알아버리고 말았다, 삶의 욕망들이 부질없음을. 어른들 옷자락이나 붙들고 다닐 법한 어린 나이에 나는 인생의 그림자를 보았다. 인생의 허무를 어렴풋이나마 느끼기 시작한 때와, 내가 삶을 처음으로 기억하기 시작한 때는 거의 일치한다. 그것은 다행일까, 불행일까.

해방 전 우리 가족은 만주를 오갔다. 당시 누구나 그랬듯이 거처를 옮겨 다니고 사람들과 헤어지는 일을 반복해야 했다. 적응하면 떠나고, 정들면 헤어져야 하는 생활이 어린 내게 심어준 것은 슬픔과 허무였다. 어디에 머물든 주변에서 항상 기차 소리가 들렸는데, 그 소리는 밤이 되면 무언가 억압되어 있는 듯한 울음소리처럼 들려와 어린아이들을 위협했다. 특히 나에게는 공포

나는 왜 허무를 주제로 삼았을까.

왜 그토록 지독한 허무를 내내 끌어안고 살았을까.

태생적으로 그럴 수밖에 없는 사람인 걸까.

게다가 너무 일찍 알아버리고 말았다,

삶의 욕망들이 부질없음을.

감을 주었다.

해방을 맞은 후 우리 가족은 남쪽으로 가는 마지막 기차를 탔다. 만주에서 충청도로 향하는 그 일주일간의 여정 끝에는 다행스럽게도 우리를 반갑게 맞아주는 할머니와 사촌, 친척들이 있었다. 산딸기를 따고 우렁을 줍고, 흙장난 치는 평범한 시골 생활도 기다리고 있었다. 그러나 나의 내면에는 이미 허무의 씨앗이 단단히 뿌리내려 있었다.

그때는 죽기보다 살아남기가 더 힘들었다. 전쟁의 한가운데, 삶과 죽음의 경계선을 넘나들던 시절이었다. 나에게는 언니가 하나 있었다. 굉장히 차가운 성정을 지닌 그녀는 시집을 가서 딸 둘을 낳았는데, 심장병을 얻은 후에 친정으로 돌아와 10년 가까이 병석에 누워 있었다.

어느 날은 형부가 집으로 찾아오더니 언니와 둘만 있게 해달라고 부탁했다. 마루에 나가 앉아 있는데, 형부가 무슨 말을 한 건지 언니의 울부짖는 소리가 방문을 넘어 들려왔다. 한참 뒤에 밖으로 나온 형부는 먼 산을 보며 말없이 담배 한 대를 피우곤 그대로 돌아갔다. 내가 방 안으로 들어갔을 때 언니는 이불깃을 붙잡고 쪼그려

앉은 채 울고 있었다.

"내가 이혼을 해줄 줄 알아? 이 모든 걸 두고 그냥 죽을 것 같아? 난 이혼 안 해. 두고 봐라, 난 멀쩡하게 살아난다!"

형부가 무슨 말을 한 건지 짐작이 갔다. 언니가 10년 가까이 투병하는 동안, 아이들과 형부의 생활은 뒤죽박죽이 되어버렸다. 이혼해서 그들에게 정상적인 생활을 돌려주는 게 어떻겠느냐고 언니에게 말하고 싶었지만, 차마 그럴 수가 없었다. 그녀는 언제나 가련한 존재였기 때문이다.

그 일이 있고 오래지 않아 언니는 자신했던 것과는 달리 세상을 떠나고 말았다. 내가 미국으로 떠나기 일 년 전쯤이었고, 언니의 나이 서른여섯 살 때였다. 짧은 인생이었지만 그나마도 삼분의 일을 병석에서 보냈다. 내 언니이기 이전에 일평생 꽃도 채 피우지 못하고 사라져 버린 한 여자로서의 한을 절절히 느꼈다. 끝도 없는 울음이 터져 나왔다.

무용 수업을 마치고 나서 나만의 작품을 만들게 되었

을 때, 나는 무용으로 언니의 못다 핀 생의 한을 풀고 싶어졌다. 그렇게 탄생한 춤이 바로 〈제례Mourning〉다. 1973년 3월, 나는 이 작품을 신인 안무가를 선발하는 뉴욕 '댄스 시어터 워크숍Dance Theater Workshop'에 올렸다. 당시 세계 실험 예술의 본고장인 뉴욕에서도 정평이 나 있는 무대였는데, 50명이 도전하면 5명쯤에게 무용가의 길을 열어주는 곳이었다. 나에겐 운이 따랐다.

〈제례〉는 우리의 전통적인 곡소리를 내는 것으로 시작해서, 장사 지낼 때 하는 일련의 의식儀式을 변형해 구성한 정적인 무용이다. 하염없이 곡을 하다가 길고 검은 머리를 찬찬히 빗은 뒤 돌아앉아 등을 내놓고 옷을 갈아입는다. 그리고 화로에 종이를 사르고 촛불을 끄면 막이 내린다.

관객 모두가 동양의 정서를 알 리 없는 서양인들이었는데, 그 앞에서 나도 모르게 진심으로 곡을 하고 말았다. 너무나도 비통한 울음이 내 온몸에서부터 밀려 나왔다. 생각조차 끼어들 틈 없이 빽빽한 그 울음으로 아마 나는 언니의 한을 모두 토해놓고 있었던 것 같다. 무용이 언제 어떻게 끝났는지도 알 수 없었다. 어딘가 약간 허전하고 얼떨떨한 심정이 되어 무대 뒤에 앉아 채 사그라지지 않은 설움에 들먹이고 있는데, 일면식도 없는 어떤 서양 여자가 다가오더니 팔을 벌렸다. 그녀는 나를 꼭 껴안고 영문 모를 울음을 터뜨렸다. 그녀의 울음에 내 눈에서도 다시 눈물이 흘렀다. 우리는 말없이 한참을 그러고 있었다. 이윽고 그녀는 조용히 등을 보이며 사라졌고 나는 생각에 잠겼다.

무엇 때문에 동양의 깊숙한 한과 슬픔이 담긴 몸짓에 저 서양 여인이 눈물지었을까. 나는 춤을 추었고, 내 춤이 그녀를 감동시켰다는 것만은 분명하지만 그녀가 무엇을 보았는지는 알 수가 없었다.

이튿날 《뉴욕타임스》가 신인 무용가의 첫 작품으로서는 이례적으로 〈제례〉를 호평해 주었고, 무용 전문지《댄스 매거진Dance Magazine》이 크게 다루어줌으로써 나의 데뷔는 스포트라이트를 받게 되었다. 그 뒤로 〈제례〉를 뉴욕에서만 스무 차례 이상 공연하면서 무대 뒤로 다가와 영문 모를 울음을 터뜨리고 가는 서양인들을 종종 만났다.

같은 해 9월에는 황병기 선생의 주선으로 한국에서도 〈제례〉를 올리게 되었다. 무용에만 전념하는 동안, 내 안에서 외로움이 해결되어 사라진 것이 아니라 단지 잊고 있었을 뿐이라는 사실을 한국에서의 공연 뒤에 깨달았다. 그 공연은 나를 일약 스타로 만들어주었다. 내가 그동안 계속해서 칼을 갈아왔음을 알 리 없는 사람들에게 나는 갑작스러운 존재였다. 한국에는 나를 아는 무용 선배나 후배가 단 한 명도 없었다. 한국 무용계에 전혀 인연이 없는 나로서는 과분하게도 국립극장(지금은 사라진 명동의 국립극장) 무대에 서게 되었다. 1200석이 모두 관객으로 들어차고, 입석까지 팔렸다. 표가 없는 사람들이 극장 앞을 가득 메웠다. 예상치 못했던 커다란 반응이었다. 이런 상황만으로 당시 예술계에서 큰 화제가 되었다. 유례없이 많은 관객을 끌었다는 면에서 성공이었고, 공연 그 자체도 성공적이었다.

그로부터 한참 뒤의 일이다. 서울 모 여대에서 철학을 가르치는 교수 한 분을 만났는데, 그는 나에게 아리송한 첫인사를 건넸다.

"17년 만에 재회를 하게 되었군요. 다시 뵈려고 17년을 준비했습니다."

무슨 뜻인가 했더니, 1973년 서울에서 〈제례〉를 보고 17년이 흘렀다는 얘기였다. 당시 서울대 2학년생이었던 그는 그 공연을 보고 큰 충격을 받아 죽음을 깊이 느끼게 되었다고 했다. 그는 결국 전공을 물리학에서 철학으로 바꾸고 죽음을 연구하기 시작했다.

"죽음이 내 전공이죠."

그러면서 그는 하하 웃었다. 물리학을 그만두고 철학을 시작한 것이나, 지금에 와서 철학과 교수가 된 것 모두가 〈제례〉에서 비롯되었다니. 나로서는 고맙다고 해야 할지, 아니면 영광이라고 해야 할지 뭐라 할 말을 고르기가 어려웠다. 그가 그렇게 〈제례〉를 보고 인생의 행로를 바꿨듯, 내가 인도로 떠나게 된 것도, 남편을 만나게 된 것도 모두 〈제례〉와 무관하지 않으니 이 작품이 나의 행로도 바꿔놓은 셈이다.

걷잡을 수 없는 힘으로
솟아나는 춤

요란한 반응이 생겨나기 시작했다. 미적인 요소를 중심으로 춤을 보아온 당시 한국 관객들에게 〈제례〉는 충격적일 수밖에 없었다. 평단의 반응은 극명하게 엇갈렸다. 내 춤을 두고 "춤도 아니다, 그게 무슨 춤이냐"라며 분노하는 사람들은 대개 무용가들이었으며 춤의 대가라고 자임하는 사람들이었다. 그들의 입장에서는 내 춤이 춤에 대한 모독으로 여겨졌던 모양이다. 그런가 하면 무용 전문 월간지 《춤》을 창간한 조동화 선생 같은 분은 "홍신자는 큰 배다. 이제 그 배가 우리에게 왔다"라는 평을 해주었고, 《동아일보》는 "전위 무용과 전통 음악의 재회에 성공"이라는 큰 타이틀로 공연을 기사화해 주었다. 음악평론가 박용구 선생은 "1940년 이후에 처음 보는 감동적인 독무"라며 크게 호평해 주었다. '1940년'은 아마 일제 강점기에 활동한 최승희 무용가를 염두에 두고 한 말이었을 것이다.

그야말로 대성공이었다. 이제 어디를 가도 알아보는 사람이 많아 불편할 정도로 꽤나 유명해졌고, 춤의 형태도 갈수록 틀이 잡혔다. 그러나 거기에는 구멍이 하나 있었다. 춤이란 것이 점점 알 듯 모를 듯한 것으로 여겨지기 시작했다는 점이었다. 뉴욕의 다운타운에서 2년여에 걸쳐 작품 활동을 계속하는 동안 그 구멍은 자꾸만 커져 갔다. 감동을 줘야 했고, 실제로 감동을 주기도 했지만 영원한 감동을 주기 위해서는 내 춤 속에 무엇을 담고 나를 어떻게 표현해야 할 것인가. 어렴풋하기만 할 뿐 도무지 그 실체가 손에 잡히지 않았다. 언제고 한계가 찾아오리라는 두려움이 생기기 시작했다.

문득 찾아온 이 회의감은 어쩌면 너무 앞뒤 안 가리고 맹렬히 질주한 탓에 생겨난 것인지도 몰랐다. 나는 우선 인정받고 성공한다는 데 목표를 두었었다. 그리고 그것에 모든 것을 바쳤다. 아무래도 목표를 너무 가까운 데 두었기 때문인 것도 같았다. 목표를 이루고 이제 한숨을 돌리고 보니, 춤이 오히려 나를 구속하기 시작한다는 생각과 함께 그동안 잔뜩 미뤄왔던 삶의 다른 의문들까지 솟구쳐 머릿속이 뒤숭숭해지고 만 것이다.

나는 인도로 떠나기로 결심했다. 나의 삶 하나를 끝내고, 또 다른 삶을 시작한다는 기분으로. 갑작스럽게 떠나게 되기는 했지만, 전부터 인도가 나를 부르고 있음을 느끼던 중이었다. 결정적으로 마음을 굳힌 건 1975년, 인도 문화부 초청으로 방문했을 때였다. 순회공연을 하고 인도의 성지들을 순례하면서 나는 그곳에서 생의 의문을 파헤치겠다고 결심했다. 그것은 곧 무용을 버린다는 것을 의미했다. 나의 모든 것이라고 생각했던 춤이었지만 절대적으로 그런 것은 아니었다. 나는 인생의 어느 한 시기에 이르러 가장 하고 싶은 것을 찾고 있었고, 마침 춤이 그 해답이 되어준 것뿐이었다. 이제 춤 이상으로 절대적인 무언가를 찾아야 할 때라는 판단이 서자, 자유롭게 춤을 시작했듯이 자유롭게 그것을 버릴 수 있었다. 다시는 무대에 서지 못하게 될지라도 결코 후회는 없을 것 같았다.

10년의 미국 생활 동안 나는 자유를 누렸다고 생각했었다. 무용가 홍신자라는 이름으로 성공을 맛보았고 명성도 얻었으니. 그러나 성취해야 할 것을 해냈다고 생각한 바로 그 순간, 감당할 수 없는 허탈감과 함께 삶의 본질적인 질문들이 한꺼번에 가슴속으로 쏟아져 들어왔다. 서른여섯 해를 살면서 외면해 온, 밀린 숙제들이었다. 개학 전날의 초등학생처럼, 손도 못 댄 채 미뤄두었던 숙제들 앞에서 나는 절망하고 또 절망했다.

짧은 목표들은 언제나 있었다. 그래서 움직여야 할 방향도 명확했고 할 일도 분명했다. 그 방향으로 뛰고 그 일을 하면서 늘 열심히 살아왔지만, 정작 가장 간단한 단어로 이루어진 짧은 질문들 앞에서는 입도 뻥끗할 수 없었다.

왜 사는가, 그리고 왜 죽는가.

견고하다고 생각했던 나는 위태롭게 서 있는 허술한 집 한 채에 불과했다. 너무도 낯익은 질문이 하나 굴러와 그 집의 기둥에 툭 부딪히자, 그만 그 집은 폭삭 주저앉고 말았다. 짐을 쌌다. 1976년의 일이었다.

　인도에 도착했을 때 나는 도를 깨우쳐 보겠다는 무섭
고도 엄청난 욕심을 품고 있었다. 그것을 위해 정말 온갖
짓을 다 해보았다. 며칠씩 계속 잠을 안 잔다거나, 여러
날을 계속 맨발로 걷는다거나, 송장들 속에서 명상을 한
다거나, 괴로운 단식을 하고 또 하고…… 도통道通에 좋다
는 고행이란 고행은 다 해보았다. 마치 병든 자가 막다른
골목에 이르러, 이 약이 좋다면 이 약을 써보고 저 약이
좋다면 저 약을 써보는 것처럼. 그때 나는 깨달음이 도대
체 무엇이며 부처님의 경지가 무엇인지를 꼭 체험해 보
겠다는 욕망을 앓고 있는 심각한 '병자'였다. 그러나 몇
개월이 채 지나지 않아 나는 내 마음과 깊은 대화를 해보
지도 않고 오로지 머리로 모든 것을 판단하고 결정해 버
렸다는 사실을 알게 되었다. 나에게 춤이란 무슨 물건처
럼 홀가분하게 버릴 수 있는 게 아니었던 것이다. 식욕
이나 성욕처럼, 내게는 움직이고 싶은 욕구와 본능이 있
음을 자각했다. 때로는 격렬하게 이는 몸의 율동이 나를
걷잡을 수 없이 취하게 만들었다. 다시 춤을 출 수만 있
다면 무엇이라도 할 수 있을 것 같았다. 어느 날은 길가

의 레코드 가게에서 흘러나오는 경쾌한 음악 소리에 나도 모르게 이끌려 몸이 조금씩 들먹이기 시작했고, 이윽고 그것은 춤이 되고 말았다. 오감이 정지되고 정신을 잃은 양 오로지 동작에 몸을 맡겼다. 얼마의 시간이 흘렀을까. 나는 잠에서 깬 사람처럼 좌우를 둘러보았다. 그때까지 보이지 않던 것들이 다시 서서히 눈에 들어왔다. 바로 맞은편 가게의 점원이 카운터 위로 손가락 장단을 맞추며 신이 난 얼굴로 나를 구경하고 있었다. 길가에는 사람들이 빽빽이 모여들어 나를 보고 있었다. 인도 사람들의 눈은 웅덩이처럼, 황소 눈처럼 깊고 크다. 그 커다란 눈들이 나를 향해 수없이 빛을 내고 있다는 것을 의식하는 순간, 몸이 순식간에 얼어붙고 말았다. 그들 눈에는 내가 미친 사람으로 비쳤을지 모른다. 나는 흐트러진 소지품을 주섬주섬 챙기고 멋쩍은 웃음을 지으며 허둥지둥 그곳을 벗어났다. 뒤도 돌아보지 않고 총총걸음으로 길을 건너는데, 뒤에서 박수 소리가 들렸다.

나를 통제할 수 없을 것 같았다. 이렇게 내 몸에서 걷잡을 수 없는 힘으로 자연스럽게 솟아나는 춤을 과연 버리는 게 맞는지, 회의가 일어났다. 춤에 대한 회의를 느껴 춤을 버리고 인도로 왔는데, 이젠 춤을 버렸다는 것에 대한 회의가 밀려왔던 것이다.

나는 결코 춤을 저버릴 수 없고, 언젠가 다시 돌아가야 하리라는 것을 천천히 예감하고 있었다.

춤추는 자는 사라지고
춤만이 남는다

이즈음에 그를 만났다. 오쇼 라즈니시Osho Rajneesh, 그는 내가 아는 사람 중 가장 위대한 사람이다. 나는 그의 산야신(제자)이 되었다. 1976년 7월의 일이다.

라즈니시의 정식 제자가 되기 전, 그의 강의를 여러 차례 들으면서 일주일에 걸쳐 그와의 개인적인 만남이라고 할 수 있는 저녁 다르샨darshan에 참가했다. 떨리는 가슴으로 참석한 그 첫 다르샨에서 나는 그에게 말했다.

"저는 한국에서 왔으며 뉴욕에서 무용가 생활을 했습니다. 지금은 무용을 계속해야 할지 그것을 버려야 할지 회의에 빠져 있습니다."

위대한 스승을 만났으니 인생의 커다란 문제들, 그리고 구도의 길에 관한 질문들을 해서 엄청난 가르침을 받고 싶었다. 그러나 그에게 감도는, 뭐라고 표현할 수 없을 만큼의 위엄과 성스러움, 지혜의 커다란 힘 앞에서 그만 기가 꺾여 모든 것을 아득히 잊어버리고 겨우 떠올린 질문이 이것이었다.

"음, 그래? 무용가라고?"

그는 잠시 진지한 눈빛으로 나를 보았다. 광채를 뿜는 듯한 그의 큰 눈을 마주 보고 있을 수가 없었다. 무슨 죄라도 지은 사람처럼 자꾸만 고개가 숙여졌고 바닥에 납작 엎드리고 싶은 심정이 되었다. 그의 목소리가 들렸다.

"어떤 움직임이라도 좋으니 한번 해보라."

나는 얼떨떨한 느낌과 함께 어떤 거역할 수 없는 기운을 느꼈다. 생각할 여유가 없었다. 나는 앉은 채로 무심히 손부터 팔, 어깨, 가슴에 이어 온몸을 천천히 움직여 보았다. 라즈니시는 큰 숨을 쉬었다.

"됐다. 너는 무용을 그만두어선 안 된다. 나는 네 팔다리의 아름다움이나 동작의 아름다움을 보려고 한 것이 아니다. 다만 네가 춤 속에서 얼마나 스스로 사라져 버릴 수 있는가를 보려고 했던 것이다. 너는 타고난 무용가다. 결코 무용을 중단해선 안 된다. 계속해라. 너에겐 춤이 곧 구도의 길이 될 것이다. 너는 그 길을 통하여 깨달음으로 가야 한다."

그는 모든 예술 중에서 가장 순수한 예술이 춤이라고 했다. 그는 춤을, 무용가를 좋아했다. 그가 해준 말은 짧았지만 그 순간의 커다란 깨우침이 나를 뒤흔들어 놓았다. 춤을 추는 순간 나는 사라진다. 춤은 보이지만 춤추는 자는 사라지는 것이다. 보는 자의 영혼에만 가닿을 뿐 흔적은 남지 않는다. 그 춤이 내 것이라고 내세울 수는 없다. 스스로를 내세운다면 그 전에 춤이 사라져 버릴 것이다. 춤은 증명하거나 제시하기 위해 추는 것이 아니다. 춤은 등의 아름다운 선을 자랑하고 팔다리의 기교를 과시하기 위한 것이 아니다. 무엇을 보여주겠다는 의지가 강해질수록 춤은 보이지 않고 춤추는 자의 몸만 보인다. 그럴 때의 춤은 춤이 아니라 '내가 여기에 있으니 나를 봐주세요' 하고 말하는 사람의 '몸짓'에 불과하다. 그런 몸짓은 보는 이를 괴롭히기만 할 뿐이다.

하나의 작품이 무대에 오른다는 것은 엄청난 고통을

감내하는 일이다. 몸을 혹사시킨다는 말이 꼭 어울리는 육체 단련은 말할 것도 없고 조명과 의상, 음악, 무대장치 등 각 방면의 담당자들과 세부 사항을 완전히 합의하기까지의 갈등 또한 엄청나다. 게다가 또 무용수들 간의 호흡도 일치해야 한다. 그리하여 공연 하루 이틀을 앞두고 행하는 최종 무대 연습이란! 그것은 문자 그대로 전쟁이다. 초조함이 무대를 격전장으로 만들어버린다. 모든 과정에 들이는 각고의 힘과 노력에 비하면 무대에서 춤추는 시간은 너무도 짧다. 순간을 위해 그렇게도 힘겨운 싸움을 하며 어렵사리 끌고 왔는데, 있어야 할 춤은 없고 사람만 보인다면 고생이 다 무슨 소용인가.

이제 나의 춤은 완전한 '자기 없음'이 되어야 했다. 관객을 의식해서도, 나를 의식해서도 안 된다. 오직 순수한 에너지의 흐름만이 몸에 실려 저 영원의 율동으로 남게 해야 한다. 그것은 곧 무아無我의 상태다. 무아의 상태는 인간이 경험할 수 있는 가장 큰 자유다. 춤은 그 자유로 가는 길을 제공해 준다. 춤추는 자와 보는 자 사이에 말없이 흐르는 감동은, 자기를 완전히 놓아버린 사람의 자유의 희열을 교감하는 데서 오는 것이다.

나는 춤을 다시 생각했다. 파도처럼 순간적으로 엄습해 왔다가 사라지고 또 멀리 퍼지는 에너지, 그 에너지와 더불어 몸을 움직인다는 것. 그것이 내 춤이다. 나는 춤의 소리를 듣는다. 그것은 몸을 통해 들려오는 소리다. 나는 사라지고 소리만 흐르는 것이다. 팔이 올라가고 있지만 내가 그것을 움직이는 것은 아니다. 나는 나의 움직임을 지배하지 않는다. 다만 그 움직임을 지배할 신을 불러들일 뿐이다. 신이 내 속으로 들어온다. 그리고 다시 멀리 퍼진다. 에너지가 되어, 바람처럼 파도처럼 퍼져 흔적도 없이 사라진다. 춤추는 자는 사라지고 춤만이 남는다. 시간과 공간을 초월한 이런 순간이야말로 바로 신의 순간이 아닌가.

　나는 춤에 대한 자세를 완전히 바꾸었다. 확고한 의식이 생기자 회의나 갈등 같은 것은 사라졌다. 나는 드디어 춤과 자유롭게 만나게 되었다. 춤추는 나의 에고ego가 사라져 먼저 순수한 법열의 경지에 들어서지 않으면, 춤을 보는 자의 에고도 사라질 수 없다. 우리의 만남은 두 에고의 만남일 뿐 아무것도 아닌 것이 된다. 그런 만남이라면 굳이 춤을 통하지 않아도 지겹도록 가능하다. 우리가 춤을 통해 이루고자 하는 것은, 평상시에는 닿을 수 없는 높은 의식의 차원에서 서로 만나는 일이다. 관객을, 나를, 마침내 춤마저도 의식하지 말아야 한다는 것은 공연을 계속하는 한 숙명적으로 불가능한 일처럼 여겨지기도 했지만, 나를 휘몰아치게 만들었던 갈등으로부터 멀어질 수 있는 방법이었다.

라즈니시의 곁에서 산야신으로 보낸 2년 가까운 세월은 나의 에고를 부수고 죽이는 연습의 기간이었다. 그리고 마침내 1979년, 고결해진 영혼과 귀중한 깨달음을 안고서 뉴욕으로 다시 돌아왔다.

나를 비우고
자유를 받아들이기

　오랜 시간이 흐른 지금, 나에게 춤의 정의는 다시 조금 달라졌다. 춤은 나를 비워줄 뿐만 아니라, 80대가 된 지금의 나에게는 하나의 자유로운 놀이와 같다. 춤은 나이와 상관없이 어린아이가 되는, 거리낌 없는 자유로움과 직접 연결된다. 어린아이가 놀이를 할 때 누군가의 시선을 의식하지 않고 자연스러운 것처럼, 춤은 현재 나에게 지극히 당연한 생활의 일부다. 여전히 무대에 서고, 기획을 하기도 하지만 혼자서 춤을 추는 시간이 더 많다. 누워서 춤을 추기도 하고, 가만히 원을 그리기도 한다. 요가를 하는 것처럼 춤추고 싶을 때는 그렇게 춘다. 무대

를 그리워하지도, 관객을 그리워하지도 않는다. 나에게
이제 춤이라는 것은 의무감에서 벗어난 '행동'이다. 그저
몸이 즐겁고 충만하다면 언제든 춤출 수 있는 것이다. 물
론 내 곁에는 어떠한 잣대와 평가 없이 지금의 나를 있
는 그대로 바라봐 주는 남편이 있다. 그는 내가 어떤 춤
을 추든, 어떤 모습으로 있든, 내 모습을 오롯이 눈에 담
아준다. 가림막 없는 그 깨끗한 시선에 담긴 따듯함을 매
번 느낀다.

"왜 이렇게 여전히 맑은 어린아이 같아요?"
나를 오랜만에 만난 사람들은 대부분 비슷한 이야기
를 한다. 한 분야에 오랫동안 머문 사람들은 나이가 들
면서 두 부류로 나뉜다. 모든 것에 딱딱하게 굴고 시야
가 좁아지는 것이 한 부류이고, 그저 즐기며 노는 것이
다른 부류다. 나는 나이 때문에 내가 어린아이처럼 놀면
안 된다는 생각을 한 번도 해본 적이 없다. 나에게 자연
스러운 일로 느껴짐에도, 다른 기준을 의식하며 멈추는
것이야말로 이상하고 부자연스러운 행동이다. 스스로에
게 충실하고 충분한 모습이 아이 같아 보이는 거라면, 나

는 기꺼이 그렇게 보일 것이다. 가끔은 서너 살 아이들이 노는 영상을 찾아 보기도 한다. 즐겁게 노는 아이들의 모습을 보다 보면 나도 그 틈에 낀 것처럼 절로 즐거워진다. 줄넘기를 하는 모습만 봐도 좋다. 그 웃음과 발구름 자체가 부드럽게 느껴져서 따라 하고 싶고, 같이 어울려서 놀고 싶어지기도 한다. 가끔 목욕탕에서 만나는 아이들을 나는 가만히 쳐다본다. 존재 자체가 얼마나 신비롭고 아름답고 어여쁜지. 넋 놓고 그 깨끗한 얼굴과 미소를 바라본다.

나는 내가 느낀 그 순수함을 춤으로 표현하고 싶다. 그저 자연스럽고 맑은, 거름망이 하나도 필요하지 않은 온전하고 말끔한 감정. 내가 느낀 감정 그대로를 여과 없이 담아내 춤을 추고 싶다. 한국으로 돌아와 죽산과 담양에 머물던 시절엔 하늘을 볼 때 느껴지는 감동과, 순수한 빛깔의 달이 가진 따듯함을 표현하고 싶었다. 그리고 제주도에 있는 지금은 석양과 파도 소리에 맞춰 춤을 춘다. 개울가에서 자주 시간을 보내던 어린 시절, 달빛 아래서의 그 행복한 기분을 춤으로 표현해야 한다면 나는 어떤 의무감 없이 몸을 먼저 움직일 것이다. 미리 계획하지 않고 그저 느껴지는 대로 이어나가는 춤. 온전한 나의 춤. 물론, 젊었을 때는 팔을 더 높이 들 수 있고 기교를 넣을 수도 있었다. 그러나 젊은이가 무대 위에서 아름다운 테크닉으로 추는 춤과, 나이 든 이가 추는 춤은 비교가 되지 않는다고 생각한다. 나이가 들면 동작이 익어간다. 기본적인 동작에도 의미가 담긴다. 맛에 비유하자면, 갓 담근 된장과 익은 된장의 차이일 것이다.

제주도로 온 지는 3년이 조금 넘었고, 그 전에는 담양, 그보다 전에는 죽산에 있었다. 한국으로 돌아왔을 때 죽산으로 향한 이유는 막연히 시골 흙 속에서 살고 싶다는 바람 때문이었다. 다시 고향으로 돌아가자. 사람이 없는 곳으로 가자. 어릴 적 밟으며 놀았던 죽산의 맨땅이 사무치게 그리웠다. 그리고 뒤이어 찾은 담양에서는 고즈넉한 자연 속에 파묻히고 싶은 마음이었다. 이곳, 제주도를 선택한 것은 한정되지 않은 공간 같다는 생각에서였다. 한국이라고 불리기에는 조금 동떨어진 곳처럼 느껴지기도 했는데, 어쩌면 그 점이 내 눈에 제주도를 더욱 특별하게 보이도록 만든 것인지도 모른다. 무엇보다, 제주도

의 하늘은 형용할 수 없을 정도로 아름답다. 하늘이 아름
답기에 노을과 석양은 더더욱 예쁘다. 제주도에 내려온
이후 한동안은 석양을 보러 나가는 것이 나의 저녁 일과
였다. 지평선 너머에 무엇이 있을지 자주 상상해 보기도
했다. 아름다운 것은 비단 하늘뿐만이 아니다. 부드러운
흙을 만지고 밟을 때마다 얼마나 자연과 가까워지는 기
분이 드는지, 얼마나 자연의 일부로 돌아간 것 같은 착
각에 빠지는지, 아마 오래 머문 사람들이라면 알 수 있을
것이다. 공연이나 강의 요청이 와도 서울에는 일주일 이
상 머무르지 않는다. 도시는 몸을 경직되게 만들기 때문
이다. 자연 속에 아무리 오래 있던 사람이라도, 서울에
머물다 보면 몸은 다시금 빠르게 그 특유의 삭막함과 딱
딱함을 흡수한다.

　나는 나무처럼 한곳에 뿌리내려 길게 머무른 적이 없
다. 언제든 어디로든 당장이라도 떠날 준비가 되어 있었
다. 이동에 대한 스트레스는 없었다. 미련이 없기에 아무
렇지 않았다. 그저 새로운 곳에 대한 기대와 희망만이 있
을 뿐. 마치 양면의 동전처럼, 모든 일에는 한쪽 면이 있
으면 다른 한쪽 면이 응당 따라오기 마련이다. 그러니 떠

나는 일이 슬픈 것만은 아니라고 생각한다. 어쩌면 죽는 것도 일종의, 자연스러운 이동이 아닐까.

　나에게 장소란 영원한 것이 아니다. 집이나 땅을 소유하고 싶다는 생각도 들지 않았다. 이는 사람에 대해서도 마찬가지다. 만남이 있으면 헤어짐이 있기 마련이고, 누군가를 만난다는 것은 언젠가 다가올 이별을 향한 과정이다. 마치 태어남과 동시에 죽음이 약속되듯이. 그저 모든 것이 순간이라는 생각만 든다. 집착이라는 것은 결국 본질을 망쳐버리기 일쑤니까. 집이든, 사람이든 말이다. 최근에는 전보다 짐이 훨씬 줄었다. 최소한만 챙기고도 언제든 이동이 가능하도록 말이다. 내년에도 거처를 옮길 생각이다. 장소는 아직 정하지 못했다. 때가 되면 자연스럽게 만나게 될 것이라고 생각할 따름이다.

　젊은 시절에는 뉴욕을 떠나 하와이 볼케이노^{Volcano}의 정글로 떠났었다. 나를 만나기 위해서였다. 나를 방해할 것도, 내게 환락에 대한 취미를 부추길 이도 하나 없는 곳에서 마냥 지루해지기 위해서였다. 나 외엔 만날 사람이 아무도 없는 오두막에서 나를 만나고, 그래서 나를 또렷이 보고, 도시 생활을 하는 동안 다시 웃자라 버린 나의 에고를 정직하게 응시하자는 것이었다.

생각들이 일어난다. 나는 눈을 감은 채 그 생각들을 끊으려 애쓰지 않고 오히려 불러들인다. 그러고는 지켜본다. 끈질기게 나를 지배해 온 것은 언제나 '나는 누구누구'라는 생각들이었다. 나는 우월하고 고매한 존재라는, 애초에 그릇된 전제에서 파생된 관념의 덩어리였다. 나라는 존재에 대해, 나 스스로와 남들이 붙인 위선의 말들. 생각들이 구름처럼 피어나고, 피어나선 뭉치고 또 흩어지는 가운데서 나는 에고의 무수한 장난질을 목격한다. '나는 세계적인 무용가 홍신자다. 나는 죽어선 안 될 만큼 소중한 존재다. 나는 누구에게도 지탄을 받아선 안 될 만큼 고귀한 존재다. 나의 모든 행위 속에는 커다란 의미가 있다. 나는 모든 사람으로부터 존경받아야 한다…….' 위선이었다. 터무니없는 망상에 지나지 않는 이러한 생각들이 어느새 무의식 속에 진실인 양 살아난다. 그리고, 그것을 믿는 이중적인 내가 있다. 갖가지 관념과 교묘하게 얽혀 구석구석 숨어 있는 생각들을 명상을 통해 끄집어낸다. 이제 그것을 격파하기는 쉽다.

나의 이중성을 단지 주시하기만 했을 뿐인데도 나는

벌써 비참한 기분에 휩싸이게 된다. 나의 에고가 무너지기 시작했다는 뜻이다. 나는 위태로워진 에고의 뿌리를 잡아 흔들어버린다. 우리는 이런 순간에 느낄 비참함이 지독할 것이라는 공포를 갖고 있다. 어쩌면 죽음에 대한 공포보다도 더할 수 있다. 그러나 그 순간만 지나면 공포는 끝나고 자유와 희열이 찾아와 나의 의식과 온몸을 감싸는 것을 느낄 수 있다.

나는 아무것도 아닌 존재다.

그 투명한 인식이 찾아와, 나에게는 잃을 것도 상할 것도 부서질 것도 하나 없음을 알게 된다. 언젠가 에고는 다시 살아날 것이다. 그러면 나는 또 그것을 죽일 것이다. 지금껏 그래왔던 것처럼.

죽음의 강에서
밤새 웃다

래핑 스톤Laughing Stone. '웃는 돌'이라는 뜻의 이 단어는, 1981년 9월에 내가 창단한 무용단의 이름이다. 웃는 돌이라니…… 말장난 같기도 하고 그냥 멋 부린 말 같기도 한 이름에 많은 사람이 의아해하며 그렇게 명명한 이유를 물었다. 이유는 간단하다. 돌이 웃기 때문이다. 이런 말도 있지 않은가.

"꽃이 웃고 있다."

단순히 멋 부린 한마디처럼 들릴지 몰라도, 누구든 가만히 생각해 본다면 무슨 뜻인지 알 수 있을 것이다.

사람은 자신의 의식이 열려 있는 만큼만 사물을 인식

하고 느낄 수 있다. 아름답고 향기 나는 꽃이 바로 눈앞에 있다고 해도 고뇌에 빠져 있는 사람의 눈에는 들어오지 않는다. 그러면 꽃은 거기에 있지 않은 것이나 마찬가지다. 그러다가도 어느 순간 기쁨으로 충만해지면, 비로소 꽃이 웃고 있다고까지 느낄 수 있게 된다. 자신이 가진 기쁨의 눈으로 사물을 바라보는 것이다.

돌은 다른 모든 사물과 마찬가지로 살아 있다. 그러나 사람들은 돌을 대개 무생물, 무가치한 것으로 치부해 버리곤 한다. 모두가 그것을 죽은 것이라고 생각하기에 오히려 나는 돌에 남다른 정을 느낀다. 그래서 '웃는 돌'이라고 말했다. 그러자 돌의 찬 듯하면서도 따뜻한 느낌이 좋아졌다. 돌이 많은 강변 같은 데를 찾아가 돌을 만지면서, 또 돌이 나의 온몸을 만지도록 허락하면서 하루를 보내기도 했는데, 그럴 때면 아무것도 필요 없을 정도로 절대적인 행복을 느꼈다. 돌을 들여다보면서 한참을 그냥 앉아 있기도 하고, 두 개의 돌을 맞부딪쳐 소리를 내보기도 했다. 그 소리는 정말 웃음소리 같아서, 나도 깔깔거리고 웃는다. 그렇게 돌과 사랑을 나누는 것이다.

생명 있는 것만이 웃을 수 있다. 웃지 못하는, 그래서 돌보다도 더 죽은 듯한 사람이 얼마나 많은가. 돌을 보라. 돌도 웃고 있지 않는가. 그러니 사람이라고 왜 웃을 수 없겠는가. '웃는 돌'은 이런 뜻이 담긴 내 표어인 셈이다.

나는 본래 웃기를 좋아한다. 그것도 소리 내어 크게. 우스운 일이 생겼을 때 너무나 큰 소리로 웃어버리곤 해서 그 소리에 다른 사람들까지 웃게 되는 일도 잦다. 잘 웃는 만큼 잘 울기도 한다. 물론, 울 때도 소리 내어 엉엉 운다. 가슴속에서 일어나는 감정을 절제하지 않으려 한다. 그러는 한편, 죽었다 깨어나도 절대 억지로 웃거나 울지는 못한다.

잘 웃고 우는 성격은 예나 지금이나 마찬가지다. 그게 내 천성이다. 그러나 내가 태어나고 자란 충청도 시골 양반집에서는 허세와 억압이 빚어내는 무표정과 무감응만을 미덕으로 여겼다. 그런 면에서 나는 싹수가 노랬다. 나는 자주 큰 소리로 웃었고, 그만큼 많은 질책을 받았다. 집안 어른들은 공손하게 말하라며 늘 나를 꾸짖었다. 입을 크게 벌리면서 말을 해서도 안 되고, 목소리 톤을

높여서도 안 됐다. 이런 억압이 싫었다. 자잘한 행동거지에 대한 다른 억압들과 맞물려 차츰 그것은 커다란 구속이 되었고, 구속에서 벗어날 수만 있다면 무엇이든 할 수 있을 것 같았다. 그래서 기회만 생기면 이 집안, 이 동네, 이 나라를 미련 없이 떠나버려야겠다는 생각이 어린 시절부터 내 가슴속 하나의 각오로 자리 잡게 되었다. 집안 어른들이 바라는 미덕의 싹 대신 방랑의 싹을 틔우고 있었던 것이다. 그러니 스물다섯이 된 1966년, 오랜 꿈을 좇듯 미국으로 훌쩍 떠날 수 있었다. 그렇게 시작한 타향살이를 지금까지 이어오는 중이다.

어린 시절, 때때로 미래에 꼭 하고 싶은 일들을 머릿속에서 리스트로 나열해 보곤 했다. 그때마다 늘 빠지지 않는 것이 바로 '아무런 방해도 받지 않고 실컷 웃는 것'이었다. 그 포부를 미국도 아닌, 당시로서는 생각지도 못했던 인도라는 나라에서 마침내 풀 수 있었다.

죽음이 모여드는 곳, 갠지스강에서 나는 밤새 웃어본 별난 경험을 갖고 있다. 우리말로 '성하聖河', 이름 그대로 성스러운 갠지스강은 모든 인도 사람들이 죽음의 시간을 맞기 위해 몰려드는 곳이다. 강변에는 화장장이 즐비하고, 나신의 시신들이 장작더미 위에서 불꽃에 휩싸인 채 물을 뚝뚝 떨어뜨리고 있다. 타는 연기가 강변을 자욱하게 만든다. 자신의 죽음이 가까워졌다고 생각한 사람들은 죽기 전에 써야 할, 그리고 화장하는 데 필요한 최소한의 돈만을 마련하여 마지막 여정으로 이곳을 찾아온다. 그러나 준비한 밑천이 바닥나도록 죽음을 맞지 못한 불행한 사람들은 아직 죽지 못한 육신을 끌고 다니며 더러 거지가 되고, 도둑이 되고, 강도가 되고, 급기야는 화장되지 못하는 시체가 된다.

갠지스강에는 육신이 기화氣化되는 성스러움과 함께 세속의 온갖 비천함이 공존한다. 시체 타는 연기 사이로 음식을 만들어 먹는 사람들의 모습이 보였다. 한쪽에 쭈그리고 앉아 용변을 보는 사람이 있는가 하면, 다른 한쪽에는 경전을 열심히 읽으며 강의하고 풀이하는 사람도 있었다. 그 묘하고도 꿈결 같은 강변의 모습. 어느 날, 나는 구도의 길에서 우연히 만난 수행자 몇 명과 함께 저녁나절 강변의 한구석을 차지하고 앉아 있었다. 그러다 누군가가 꺼낸 화두에 크게 웃기 시작했다. 지극히 성스럽고도 비속한, 지극히 정결하고도 추잡한, 지극히 고요하고도 북적대는 이곳. 극과 극이 서로를 간지럽히는 이 강변. 우리 세상, 우리 인생이 너무 우습지 않은가. 우리, 새벽의 마지막 별이 사라질 때까지 웃기만 한다면 도통할 수 있으리라…….

웃을수록 웃음에 겨워 우리는 아픈 배를 움켜잡고 밤새도록 웃고 또 웃었다. 나 자신, 그리고 세상 모든 것을 향해 크게, 아주 크게 웃어젖혔다. '웃는 명상'이었다. 거기엔 내 웃음소리가 크다고 머리에 알밤을 먹이는 동네 어른 같은 것은 없었다. 그때 어쩌면 나는 난생처음으로 웃고 싶은 만큼 실컷 거리낌 없이 웃었나 보다. 무슨 숙명이 있어 이 머나먼 갠지스강가에까지 와서야 마침내 실컷 웃어보고 있나…… 그런 생각에 또 웃었다. 이후로 다시는 웃지 못하게 된다 할지라도 아무런 미련이 없을 것 같았다.

어느 순간에 이르렀을 때 내 웃음은 공허한 소리의 울림이 되었고 가슴속에는 아무것도 남아 있지 않았다. 웃음은 단지 관성을 받은 것처럼 내친 대로 계속 뻗어나가고, 목에서는 쉰 소리가 나고 있었다. 우스움도, 우스운 감정도 모두 사라지고 아무것도 없었는데 웃음만은 여전히 나오고 있었다. 어느덧 무심無心의 순간이 찾아온 것이다. 그 순간에는 미처 분명하게 깨닫지 못했지만 말이다. 새벽녘, 자욱이 깔린 물안개 속에서 세상이 어렴풋하게 밝아올 때 나는 단지 골골거리며 웃고 있을 뿐인 나를 발견하게 되었다. 웃는 것 외에는 아무것도 알지 못하는 사람, 그게 바로 나였다. 곁에 있던 사람들은 모두 어디로 가버렸는지 어느새 주변에는 아무도 없었다. 눈을 뜨고 있었으나 그들이 사라지는 모습을 보지 못했던 것이다. 대체 얼마 동안을 내가 이런 상태로 있었을까…….

모든 것에 대해 웃어버렸던 그 시간은 고통도 번민도 없는 무아의 순간이었다. 속에 아무것도 남지 않고 텅 비어버린 순간 내가 느꼈던 크나큰 희열을 자유라는 말 외에는 달리 표현할 수가 없다. 나는 그야말로 모든 것으로부터 풀려나는 자유를 경험했다. 그 지독했던 웃음을 통해, 나의 병은 차도를 보이기 시작했다.

가슴속에 무언가가
쌓이지 않도록

감정에 충실한 나에게도 더 잘 울기 위한 연습이 필요했던 때가 있었다. 〈제례〉라는 작품을 만들기 전까지, 나는 언니에 대한 슬픔을 제대로 드러낼 수가 없었다. 매일 누워서 병치레하는 언니, 히스테릭하면서도 가엾은 언니의 모습을 보면 가슴이 미어지게 아프면서도 그 속내를 꼭꼭 숨길 수밖에 없었다. 언니의 가늘어지는 머리칼과 생기를 잃어가는 얼굴, 죽음이 천천히 언니를 갉아먹는 모습을 지켜보며 내가 할 수 있는 일이라곤 그저 최대한 슬픔을 들키지 않는 것, 그래서 언니에게 드리운 죽음의 그림자를 언니가 알아채지 못하게 하는 것이었다. 아마 가족들도 나와 같은 마음이었을 것이다. 슬픔을 드러내지 못하면 마음속에 골병이 든다는 것을 나는 가족들과 나의 얼굴을 보며 느꼈다.

"신자야, 오늘 나 어떻니?"

"예뻐."

"신자야, 나 오늘 좋아 보이지 않니?"

"응, 다 나은 것 같아."

언니는 매번 내게 그렇게 묻곤 했다. 언니를 생각할 때마다 그 서늘하고도 슬픈 음성이 귓가에 생생하게 맴돌았다. 밖으로 뛰쳐나가 울고 싶었지만, 그러지 못했다. 그런 기색조차 들키고 싶지 않았다고 해야 할까. 그저 언니에 대한 슬픔이 가슴속에 웅덩이처럼 고여 있는 채로 하루하루를 버텨냈다. 해소되지 않은 그 슬픔을 마침내 〈제례〉에서 풀게 되었다. 언니에게 바치는 슬픔의 한풀이였던 그 무대를 위해 소리를 연습하기도 했다. 즉, 우는 연습이었다. 얽매여 있던 감정들이 부서진 댐에서 솟구치는 물처럼 자연적으로 폭발하듯이 튀어나왔다. 나의 첫 무대이자, 첫 울음 연습이었다.

〈제례〉를 통해 운 것은 나뿐만 아니라 관객도 마찬가지였다. 관객이 우는 모습을 무대에서 지켜보면서 나는 울음을 허용하는 공연이란 얼마나 값진가를 생각했다. 상황을 마련해 준다면, 웃음이든 울음이든 언제나 가능하게 만들어주는 것이 무대였다.

〈제례〉의 뒤를 이어 1975년에 국립극장에서 〈미궁〉이라는 작품을 올리게 되었을 때, 나는 감정의 껍질을 한 겹더 벗겨냈다. 〈미궁〉은 가야금 연주자 황병기 선생과 함께한 작품으로, 〈제례〉가 슬픔과 울음을 표현했다면 〈미궁〉은 웃음과 울음을 표현했다고 할 수 있다. 웃다가 울게 되고, 울다가 웃게 되는 작품. 그 둘을 분간할 수 없게 만드는 작품. 나와 황병기 선생은 한정된 시간 안에 두 감정 사이를 열심히 오갔다. 무대는 자유로운 공간이기 때문에, 나는 그 감정을 더더욱 거리낌없이 드러낼 수 있었다. 물론 그것을 불편해하는 관객도 있었다. 도저히 더 듣지 못하겠다는 듯이 뛰쳐나가는 관객도 보였다. 한편 통곡하는 소리에 같이 우는 사람들도 있었다.

나는 〈제례〉와 〈미궁〉을 통해 감정적으로 치유되고 자유로워졌다. 그때 내가 가진 슬픔과 웃음을, 아낌없이 최선을 다해 몰아 썼다. 눈물은 참으면 병이 된다. 울고 싶을 때는 아무도 없는 곳에 가서라도 실컷 울어야 한다. 웃고 싶을 때도 마찬가지다. 들판에 나가서 실컷 웃어야 한다. 가슴속에 무언가가 쌓이지 않도록.

　감정에서 벗어날 수만 있다면 삶에 어떠한 고통도 없을 것이다. 감각과 의식을 초월해 무감정의 상태에 도달할 수만 있다면. 다만 감정으로부터 자유로워지기 위해 일부러 억제하겠다는 건 잘못된 생각이다. 감정은 원인이 아니라 결과에 가깝다. 어떤 일의 결과를 아무리 뒤바꿔 보려 노력해도, 원인이 그대로인 한 결과도 똑같기 마련이다. 근본 원인을 찾아내지 못하고, 결과로 나타난 감정만을 문제 삼아 그것을 억제하고 떨쳐버리려 하는 행동은 차라리 그것에 휩쓸리는 것만 못하다고 말하고 싶다. 감정은 물리적으로 떨쳐낼 수 있는 대상이 아닐뿐더러, 그것에서 벗어나야 한다는 강박관념에 사로잡힐수록 고통만 가중될 뿐이기 때문이다.

　나는 감정을 방일放逸시키는 방법을 통해 그것으로부터 자유로워지고자 했다. 마음속에서 일어나는 감정에 온통 자신을 내맡김으로써, 감정이 멋대로 풀어지도록 두는 것이다. 이래야 한다거나 저래야 한다며 재단하지 않고 그냥 놓아버리는 것이다. 그러자 그것으로부터 자유로워질 수 있었다.

슬퍼해도 된다. 그러니 슬픈 일이 생겼다고 해서 두려워할 필요가 없다. 기뻐해도 된다. 기쁜 일이 생겼는데 사서 걱정할 필요도 없다. 어떤 감정이 생겨나도 상관없으니, 그것 때문에 괴로워하지 않아도 된다. 그저 슬프면 울고 기쁘면 웃어버리면 된다. 있는 그대로 보고, 생기는 그대로 두고, 그리고 고개를 끄덕여 버리면 그만인 것이다.

눈물을 참으면 병이 된다.

울고 싶을 때는 아무도 없는 곳에 가서라도

실컷 울어야 한다.

웃고 싶을 때도 마찬가지다.

들판에 나가서 실컷 웃어야 한다.

가슴속에 무언가가 쌓이지 않도록.

굴레를 벗고
다시 굴레 속으로

"잠을 자고 있을 때, 그 순간에 그대는 행복하다고 느끼는가?"

수행 시절의 스승 니사르가다타는 이렇게 물었다. 그리고 대답을 들려주었다.

"행복하다, 불행하다의 느낌조차 없을 것이다. 그것이 그대의 자연스러운 상태다. 이따금 꿈이 피어올라 스스로 행복하다고 또는 불행하다고 느끼겠지만 꿈에서 깨어나면 그뿐이다. 너는 꿈꾸고 있다는 것을 알기만 하면 된다. 꿈을 꾸듯이, 그렇게 살면 된다. 인생은 환영幻影이기 때문이다."

인생은 환영이다. 이것은 허무주의적 입장을 담고 있
는 말이 아니다. 어떤 것에도 큰 의미가 없다는 뜻이지
만, 그래서 아무것도 하지 말라는 것이 아니라 오히려 무
엇을 해도 좋다는 것이다. 자연스러운 흐름에 역행하는
행위가 아니라면 어떤 일에도 두려움을 가지지 않아도
된다는 말이다.

젊은 시절 나는 '결혼 같은 것은 하지 않겠다'는 주의였
다. 물론 고민이 없었던 것은 아니다. 돌이켜 보면 20대
와 30대에 나는 결혼을 할 것인가 말 것인가, 아이를 낳
을 것인가 말 것인가에 대한 심적 갈등을 늘 지니고 있었
다. 만약 결혼을 한다면 아주 늦게, 자식을 낳는다면 최
대한 늦은 나이까지 미루고 싶었다. 젊은 시절의 나는 너
무나 욕심이 많았기 때문이다. 기약도 정처도 없는 여행
을 하고 싶었다. 끝이 보인다 싶게 공부도 하고 싶었다.
사랑도, 구도도 하고 싶었다. 이 모든 것이 젊지 않으면
하기 어려운 일이었다. 누구에게 매인 몸이 되면 실행하
기 어려운 일이었다. 나에겐 늘 젊음과 자유가 함께 필
요했다.

주변 사람들은 하나같이 내가 결혼했다는 사실을 현실로 받아들이지 않으려 했다. 결혼식 자체를 소리 소문 없이 치른 탓도 있지만, 내 이력을 알고 있는 사람들에게 나의 결혼은 상상하기 힘든 일이었기 때문이다. 한때는 뜬금없이 미국으로 간다고 해서 놀라게 하고, 그다음엔 도를 닦겠다며 인도로 훌쩍 떠나더니, 속세로 다시 돌아온 것만 해도 어리둥절한데 이번엔 어울리지 않게 결혼을 해서 가족을 만들다니! 그렇게 떠나고 또 떠난 것은 가족 따위에 얽매이지 않겠다는 뜻이 아니었냐는 것이다. 나로서도 그들의 충격을 이해할 수 있었다.

나는 가족을 사랑했다. 그들도 나를 사랑했다. 가족의 따뜻한 사랑 속에 푹 잠기어 뼈마디가 느슨해지도록 녹아 있고 싶었다. 그러나 나는 그 마음을 떨치고, 가족으로부터 벗어나고자 애썼던 사람이었다. 하고 싶은 것이 너무나 많았던 탓에 떠나야만 한다는 명분이 있었다. 자유로운 삶을 살고 싶었다. 그런 내겐 가족의 따뜻한 울타리마저 불편하게 여겨졌던 것이다. 가족은 나의 사랑이면서 또한 구속이었다. 자유를 갈망하며 아무 기약 없이 타국으로 떠났으면서, 이제 결혼함으로써 그것을 자진해 만들어냈다. 스스로 생각해도 놀라운 변화였다.

　내게 결혼은 어떤 의미에서 '타협'이었다. 인도를 다녀온 뒤 생각이 달라져 나는 결혼해도 되는 사람으로 바뀌어 있었다. 물론 인도가 나에게 결혼하라는 깨달음을 준 것은 아니다. 다만 인생이란 어차피 환영이란 것을 깨달았을 뿐이다. 인간이 태어나고 죽고, 꽃이 피고 지며 세상은 끊임없이 변하지만 거기서 한 발짝 물러서서 보면 그 변화에는 아무런 뜻이 없다. 나는 결혼을 찬양하는 것은 아니어도 무조건 부정적으로만 보지는 않게 되었다. 결혼을 둘러싼 젊은 시절의 생각들이 모두 무의미하게 느껴졌기 때문이다. 결혼을 하고, 설사 나 자신이 없어진다 해도 상관없는 일인데 쓸데없는 아집을 키우고 있었다. 이제부터는 인연이 생기면 하고, 생기지 않으면 안 하는 것이다…… 라고 여기려 했지만, 본심을 말하자면 여전히 결혼의 반대쪽에 서 있었다. 결혼을 할 수도 있겠지만, 형식과 제도 속으로 들어가고 싶진 않았던 것이다. 그러나 그때의 상황은 나 혼자만의 것이 아니었다. 거기엔 또 다른 인격체가 있었다. 나, 그리고 몸속에 자라고 있는 아이였다. 나의 의식은 관습이나 관념으로부터 자유로워졌다고 생각했으나 현실은 그렇지 않았다.

나는 타협해야 했다. 사회적 제약을 어느 선까지는 인정하고, 한 남자와 장차 태어날 아이를 존중하고 보호한다는 의미에서 결혼을 선택해야 했다. 실은 결혼하지 않고서도 그 남자와의 관계를, 그리고 태어날 아이와의 관계를 현실에서 순수하게 수용할 자신이 있었다. 그러나 그 순간 한 사람과 아이가 사회에 설 자리를 빼앗는 것이 되어버린다는 생각이 들었다. 아이는 태어나는 순간 '사생아'라는 멍에를 짊어질 것이었다.

결국 나는 삶의 한 과정으로서 결혼을 받아들이겠다고 결정했다. 남녀가 함께 살아본다는 것, 아이를 낳아본다는 것을 이승에서 내가 겪어야 하는 체험 과정으로 받아들이고자 했다. 이러한 타협을 통해 얻어지는 자유도 있었다. 우리 모두를 색안경 쓴 시선에서 보호할 수 있다는 것. 그렇게 나는 결혼 속으로 뛰어들었다. 결혼을 하더라도, 그것에 구속당하지 않으면 된다고 생각하며.

결혼 직후 우리의 거처는 뉴욕 빈민가의 허름한 아파트 6층 꼭대기 방이었다. 엘리베이터는 당연히 없었다.

군데군데 허물어지고 여기저기 삐거덕거리는 건물이었는데, 특히 밤이면 쥐들의 극성이 말도 못하게 심했다. 어둠 속에서 몰려나온 쥐들이 온 방을 헤집고 돌아다니며 보따리와 음식을 갉아먹는 통에 잠을 잘 수가 없었다. 나중에 아이를 낳았는데 쥐들이 갓난아이를 물어 죽이진 않을까, 하는 걱정까지 들었다.

뉴욕 다운타운에서 우리가 살던 동네 이름은 스탠턴Stanton이었다. 스탠턴거리 176번지. 거리의 풍경은 전쟁 끝의 폐허 같았고 사람들의 몰골은 패잔병 같았다. 직접 보지 않고 말로만 들어서는 실감할 수 없는 곳이다. 한낮에도 길에서 마약 거래자들이 서로 싸우거나 죽이고, 사이렌 소리에 창문을 내다보면 바로 맞은편 건물에 불길이 치솟고 있는 동네. 그곳에선 흔한 일이었다. 낡은 건물의 소유주들이 워낙 싼 집세 때문에 수지가 맞지 않자 불을 지르고는 보험금을 노리는 거였다. 그런 식으로 버려진 흉흉한 건물들이 즐비했고, 우리가 살고 있는 아파트도 언제 그런 위험에 처할지 몰랐다. 하지만 250달러가 채 안 되는 돈으로 방을 구할 수 있는 곳은 뉴욕 시내에서 그곳밖에 없었다. 그런 곳에 우리의 신방이 차려졌고 이후로 7~8년을 그곳에서 살았다. 결혼 생활 동안의 치열한 전쟁과 따뜻한 평화가 모두 그곳에 있었다.

비록 나이 마흔의 뒤늦은 결혼이었지만, 그 이후 겪어야 했던 과정을 위해 내가 다시 환생한 것일지도 모른다는 생각이 들기도 한다. 결혼 생활이란 것이 너무 행복하고 좋았기에 하는 얘기가 아니다. 오히려 지독하다고 할 만큼 괴로운 때가 더 많았다. 철저히 혼자서 지내는 게 나의 타고난 기질이었는데, 이제는 갈등을 일으키는 존재가 항상 따라붙어 있었다. 그러나 바로 거기에 숙제를 푸는 듯한 인생의 의미가 있다고 느꼈다.

내가 막 결혼했다는 소식을 들은 한 선배는 이렇게 말했다.

"네가 인도에서 고행 3년을 했다지만, 진짜 고행은 지금부터야."

그 말은 현실이 되었다. 막상 결혼하고 보니 어릴 때 생각만큼 인생이 끝난 느낌이 들지는 않았지만, 나는 그 어느 때보다도 큰 구속감을 느꼈다.

결정적 존재와의
이별

배 속에 든 아이와 함께 시작한 결혼 생활이었다. 아이를 낳기 전과 낳고 나서 6개월 정도까지는 여느 신혼부부들처럼 정신이 없었다. 정신이 없었기에 별문제도 없었다. 그러다가 6개월 난 딸 희를 서울로 보낸 뒤부터 심각한 폭발이 자주 일어났다.

특별한 사건 때문에 싸움이 생기는 것은 아니었다. 모든 것이 뜻대로 되지 않는 상황이 우리를 그렇게 만들고 있었다. 작은 문제가 생겨나면 그것이 차츰 자라나 증식되다가 어느 날 큰 싸움이 되고 마는 것이었다. '진짜 고행은 지금부터'라던 선배의 말이 실감 났다. 나는 나 자신이 비천한 에고 덩어리일 뿐임을 어느 때보다도 자주 확인했고, 그럴 때마다 스스로에 대한 모멸감 때문에 몸을 떨어야 했다. 한동안 나는 이 모든 것이 내가 가졌던 어떤 환상 때문이 아닐까 생각도 해보았다. 환상이 깨져 환멸로 변해버린 게 아닐까.

가난. 모든 건 가난 때문이었다는 생각도 든다. 실컷 싸우고 나서 왜 싸웠는지 생각해 보면 늘 이유가 석연치 않았다. 그저 가난과 좌절 때문이었다. 6개월 된 딸아이를 서울로 보내야 했던 것도 결국은 가난 때문이다. 우리의 가난은 희를 낳은 후에 더 심해졌다. 그나마 하던 푼돈 벌이도 아이를 낳기 전후 몇 달 동안은 제대로 하지 못했다. 극빈자에게 배급되는 식량 쿠폰으로 생활해야 할 만큼 사정이 절박해졌다. 식량 쿠폰을 타기 위한 절차마저 간단치 않았다. 우선, 제출해야 하는 서류가 아주 많았다. 나는 서류를 만들기 위해 희를 업고 겨울의 뉴욕 거리를 이리저리 헤매야 했다.

생활을 정상적으로 하려면 뭔가 일거리를 찾아야 했다. 그러나 아기를 달고서 할 수 있는 일이 있을 리 없었다. 아기를 두고는 잠깐의 외출도 힘들었다. 희를 업거나 안고 보이스 클래스와 발레 스튜디오에 나가보기도 했지만, 무용가로서 본격적인 활동을 재개할 수는 없었다. 담배를 피우고 음악을 크게 틀어놓는 동네 아낙들에게 맡길 수도 없었다. 아이를 봐준다고 해놓고는 수면제를 먹여 잠만 재우는 사람이 있다는 얘기도 들렸다. 그래서 어디를 가더라도 나는 희를 품에 안거나 등에 업은 채였다.

어디든 희와 함께 가려 했지만, 희를 서울에 있는 시부모님께 당분간만 맡기는 게 어떻겠느냐는 생각이 그 무렵의 우리에게 자연스럽게 떠올랐다. 절박한 생활 속에서 멈춰버린 것이 너무 많았다. 희를 낳기 전 의욕에 차서 구성했던 무용단 '래핑 스톤'은 개점휴업 상태였다. 컬럼비아대학교 대학원에 무용학 박사학위 논문도 제출해야 하는 상황이었는데, 그것마저도 제목만 써놓은 채 방치되어 있었다.

마침내 우리는 무수한 고민 끝에 희를 딱 6개월만 보냈다가 데려오자는 결론을 내렸다. 그 정도면 우리가 활동 기반을 잡을 수 있을 테니 생활도 웬만큼 안정될 것이라고 생각했다. 그 후엔 좀 어렵더라도, 낮에는 희를 번듯한 탁아 시설에 맡기고 활동할 수 있을 것으로 예상했다.

가난했기에 희를 서울로 보내는 방법도 정상적이지 못했다. 지금 생각하면 아찔하지만, 우리는 아이를 대리로 '전달'하는 방법을 찾아냈다. 외국으로 입양되는 고아들에게 쓰는 방법과 비슷한 것이었다. 여행사를 통해 200달러에 아이를 전달해 주겠다는 한 여행자를 찾아냈고, 비행기가 출발하기 직전 케네디공항에서 그 사람을 처음으로 만났다. 노랑머리의 젊은 서양 여자였다. 그녀에게 희를 건네기 전에 불안한 심정으로 여러 가지를 부탁했는데, 그녀는 고개를 건성으로 끄덕거리며 담배만 계속 빨고 있었다.

내 몸속에 있었고 내 품속에 안겨 있었던 아이. 나에게 여성으로서의 충만감을 체험하게 해준 나의 딸, 희. 6개월 동안 이 가슴에 안겨 한 번도 떨어지지 않았던 너. 어디든 함께 가자고 생각했는데……. 희는 엄마의 숨소리가 이상한 것을 느꼈는지 젖꼭지를 입에서 떼지 않고 자꾸만 품속으로 파고 들어왔다. 울먹이는 가슴의 진동을 줄곧 느끼고 있었던 모양이었다. 출발 시각이 임박해져서, 자꾸만 가슴에 엉기는 아이를 마지막으로 잔인하게 뜯어내어 그녀에게 건넸다. 내 가슴에서 아이와 함께 그 무엇인가가 함께 뜯겨 나가고 있었다. 희는 비행장이 떠나가라 울기 시작했다.

우는 희를 안고 그녀가 탑승구 속으로 멀어졌다. 나는 그녀를 도로 불러세워야 하는 것 아니냐고 나 자신에게 물었다. 생각이 달라졌다고 간단히 말하고, 아무 일도 없었던 것처럼 아이를 도로 찾아와야 하는 것 아니냐고. 내가 틀림없이 잘못하고 있는 거라는 예감에 눈물을 흘리면서 머리를 흔들다 앞을 보았을 때, 그녀의 모습은 이미 사라지고 없었다. 나는 가슴을 쥐었다. 많은 생각 끝에 내린 결정이었지만 밀물처럼 회의가 밀려와 무릎이 꺾였다. 비행기가 하늘로 떠오른 뒤에도 희의 가느다란 울음소리가 귓가에 계속해서 들려오고 있었다.

가슴이 찢어지는 아픔 속에서 내가 가진 모순을 들여다보았다. 엄마로서의 본능을 저버리고 뉴욕에 남아 있어야 할 만큼 나에게 중요한 일이 과연 무엇인가? 내가 추구하는 것은 무엇인가? 피치 못할 사정이곤 하지만, 나의 무용, 나의 학업, 우리의 가난과 저 열악한 생활 환경이 이 모든 일을 변명해 줄 수는 없을 것 같았다. 나는 결국 내 갈망을 충실히 뒤쫓고 있을 뿐이지 않은가……

나의 딸 희는 그렇게 고아처럼 떠나갔다. 비행기는 이미 사라졌는데도 나는 한참 동안 공항을 벗어날 수가 없었다. 공항 안을 돌고 또 돌면서 나는 나를 달랬다. 아무 일도 없을 것이다. 아이는 무사히 도착할 것이다. 아주 잠깐이다. 6개월은 금방 흐를 것이다. 한 번도 품에서 내려놓지 않았던 아이를 그렇게 보내고 돌아오는 길에 나는 자꾸만 가슴을 내려다보았다. 아무리 보아도 텅비어 있었다.

6개월이 지났지만 기대했던 것처럼 상황이 변하진 않았다. 유일하게 변한 것이라면, 남편과 그때부터 더욱 심하게 자주 싸웠다는 것이다. 그럴수록 희를 가슴에 안고 싶은 충동이 걷잡을 수 없이 커지고 있었다.

1년이 흐른 뒤에도 상황은 나아지지 않았다. 하지만 희를 더 이상 방치해 두어선 안 된다는 생각이 고개를 번쩍 들었다. 나는 무리를 해서라도 희를 데리러 가겠다고 결심했다. 한국으로 가기 위해 공항에 도착하니 너무도 생생한 1년 전의 기억이 또다시 가슴을 옥죄었다. 그 이후 공항은 늘 희를 생각나게 하는 장소가 되었다. 희에 대한 죄의식, 시부모님에 대한 송구스러움으로 마음이 착잡하기도 했지만 비행기에 오르던 순간부터는 내내 희와의 행복한 상봉만을 그리고 있었다. 희를 만나면, 이 가슴으로 희를 꼭 끌어안으리라. 꼭 끌어안고 다시는 내 품에서 놓지 않으리라.

그러나 나를 기다리고 있는 게 절망일 줄은 몰랐다. 희는 엄마라는 존재를 까맣게 잊은 뒤였다. 품에 안겨 젖을 빨던 희는 이제 걸음마를 떼고 있었다. 북받치는 가슴으로 아이를 안으려고 팔을 벌렸는데, 아이는 무슨 흉한 것이라도 만난 양 자지러지게 울음을 터뜨렸다. 그 울음은 내가 아이를 만지려고 할 때마다 터져 나왔다. 그리고 무서운 듯이 고개를 돌려버리는 것이었다. 나는 사납게 우는 그 아이를 안고 싶어서 병이 날 지경이었지만 희는 내가 손만 뻗어도 소스라쳤다.

이런 상태로는 미국으로 데리고 갈 수 없었다. 엄마를 남으로만 알고 할머니 품에서 떨어지지 않으려는 아이에게 또 옛날 같은 충격을 안길 수는 없었다. 나는 소리 없이 눈물을 흘리면서 뉴욕으로 혼자 돌아왔다. 그리고 다음 해를 기약했다. 그때쯤이면 말도 좀 배웠을 테니, 엄마가 눈물로 참회하면 받아들여 주지 않을까.

그러나 다음 해에도 달라진 것은 없었다. 그다음 해에도 마찬가지였다. 행복한 상봉을 꿈꾸며 한국으로 갔다가 다시 눈물을 머금고 미국으로 돌아오는 것이 나의 연례행사가 되었다. 희와 내가 대화를 통해 모녀로서의 일체감을 회복하기까지는 7년의 세월이 걸렸다. 희는 가까스로 엄마의 사정을 이해하기 시작했지만, 이렇게 말했다.

"그렇지만 나는 엄마를 따라가지 않아. 할머니, 할아버지가 돌아가실 때까지 여기서 살 거야."

가슴은 아팠지만 결국 나는 이것을 현실로 받아들여야 한다는 것을 깨달았다. 나는 생각했다. 아이는 누구의 소유물이 아니다. 나는 지금 아이에게 애착을 보이면서 어떤 보상을 구하려고 한다. 나는 이 애착을 버리기 위해 싸워야 한다. 내가 살아가야 할 과정은 모든 세속적인 것에 대한 애착을 버리기 위한 싸움의 과정이다. 어떤 큰 존재가 나에게 중대한 시험으로서 아이를 낳아 기르게 했고, 이제 이런 상황 속으로 나를 내몬 것인지도 모른다. 나는 한때의 구도 생활을 통해 이제 세속적인 애착을 모두 끊었다고 장담했었다. 그랬기에 결혼도 하고 아이도 낳을 수 있지 않았던가. 아이가 내 품으로 돌아와야만 한다고 고집하지 말자. 이것 또한 이 아이의 운명이다. 희는 스스로의 힘으로 자라날 것이다. 그리고 스스로의 길을 선택할 것이다.

그즈음 누군가가 내게 물었다. 결혼한 것을 후회하지 않느냐고. 나는 다른 모든 일과 마찬가지로 결혼한 것에 대해서도 후회하지 않는다. 결혼함으로써 오히려 자유로워진 면이 없지 않다. 결혼이 무엇인지 겪어보지 않은 상태에서 늘 가져야 했던 갈등과 환상으로부터 완전히 자유로워질 수 있었으니. 결혼이라는 '고행'의 과정을 거치지 않았다면 과연 내가 그럴 수 있었을까?

나는 이 애착을 버리기 위해 싸워야 한다.

내가 살아가야 할 과정은 모든 세속적인 것에 대한

애착을 버리기 위한 싸움의 과정이다.

온 우주를 안은 듯한
충만함

나에게 임신은 결혼에 당연히 딸려 오는 부산물 같은 것이 아니었다. 어쩌면 내 의식은 결혼보다도 임신을 먼저 수용했다고 할 수 있다. 출산 당시 내 나이는 만 41세였다. 결혼과 마찬가지로, 젊은 시절 나의 머릿속에선 출산을 둘러싼 많은 생각이 엎치락뒤치락했다. 아이를 낳고 싶지 않았다. 두려움 때문이었다. 출산의 고통 자체가 두렵기도 했지만, 내가 가장 두려워한 것은 하고 싶은 일들을 하지 못하게 되리라는 것이었다.

무용가에게는 날렵하고 기민한 몸이 무엇보다 중요한 무기다. 모든 싸움과 훈련의 기반이 되다 보니, 몸매와

체중 관리에 쏟는 무용가의 노력은 가히 필사적이다. 예술적 성취를 위해 배를 바짝 졸라매고 어느덧 죽기 아니면 살기가 되고 만다. 그런 상황에서 아이를 낳는다는 것은 그동안 쌓아 올린 모든 것을 일순간에 무너뜨리는 일이 될 수 있었다. 더욱이 무용가들 사이의 경쟁의식은 치열하다 못해 살벌하기까지 하다. 동료 무용가들이 한 발 한 발 앞서 나가는 것을 볼 때면 나의 초만 타들어가고 있다는 극도의 초조감에 휩싸이게 된다. 그래서 마침내 선택의 순간이 오면 아이 대신 무용을 선택하는 사람이 허다하다.

뉴욕의 무용계, 예술계, 나아가 대도시 전체가 좀처럼 신생아를 찾아보기 힘든 곳으로 변해가는 중에, 나 역시 그 길을 걷고 있었다. 하지만 내게 모성 본능이랄 것이 아주 없지는 않았다. 나도 모르게 어느 순간에는 아이를 낳아 품에 안고 있는 내 모습을 상상하기도 했다. 그런 영상이 어느 날 불쑥 고개를 쳐들면, 나의 예술적 성취 욕구와 팽팽하게 대립하며 충돌을 일으키고 나를 깊은 갈등 속에서 허우적거리게 만들곤 했다. 그 깊은 갈등 속에서 나를 건져 올려준 것은 언제나 '시간'이었다. '나에게는 아

직 시간이 있다.'

그러던 중 의식의 변화가 찾아왔다. 그 변화란 '무용을 포기하고 아이를 낳자'는 것이 아니라, 두려워할 필요가 없다는 것이었다. 언젠가 자유로운 생활을 포기해야 할지도 모른다는 사실에 늘 두려움을 가지고 있었는데, 죽음에 대한 두려움이 사라지며 출산에 대한 그것도 함께 없어져 버렸다. 죽음을 두려워하지 않는다면 다른 그 무엇이 더 두렵겠는가. 어차피 인생은 환영이니 무엇을 해도 좋고 어떻게 살아도 괜찮지 않겠는가. 그리하여 마치 자연스러운 흐름처럼 임신이란 사건이 내게 찾아왔을 때, 늦은 나이였음에도 나는 그것을 순순히 받아들였다.

아이를 낳는 대신 내가 추구해야 한다고 믿었던 모든 것이 부질없는 갈망이었음을 깨닫기도 했다. 나는 춤을 택해야 한다고 믿었지만, 생각해 보면 아이를 낳는 것과 춤은 별개의 문제였다. 젊은 날의 생각처럼 춤과 임신은 꼭 양립할 수 없는 성질의 것이 아니었다. 게다가 나는 현대 무용, 그것도 전위 무용을 하고 있었으므로 고전 발레를 하는 사람보다는 사정이 좋을 수 있었다. 나는 마음의 준비가 되어 있었다. 혹여나 임신과 출산을 거치며 잃는 게 있더라도 훈련으로 되찾을 수 있다는 자신감도 있었다. 그런 상황이 오리라고 제대로 실감하지는 않았지만, 만약 춤을 못 추게 된다 하더라도 괜찮다고 생각했다. 그것은 어디까지나 공연을 못하게 된다는 의미일 뿐이니까. 본연적인 인간의 행위로서 춤은 사지가 없어져도 출 수 있는 것이다. 그리고 실제로 춤은 임신 중이라 해도 출 수 있는 것이다. 나는 임신 초기에는 물론 배가 불러온 다음에도 춤을 추었다. 〈끝나지 않는 춤Continuing〉은 임신 8개월에 뉴욕의 라마마 극장에 올린 작품이다. 임신부로서 가능한 동작만으로 구성한 작품이었는데, 임신부가 춤을 춘다는 사실만으로도 화제가 되었다. 동정이 섞여 있었는지는 몰라도 관객의 반응이 썩 좋았다.

임신 후로, 그때까지 나를 구성하고 있던 다른 모든 것은 뒤로 숨었다. 그때부터 나는 오로지 장차 세상의 빛을 볼 아이에 대한 걱정과 기대로 머리가 가득 찬 예비 엄마였다. 아들일까, 딸일까? 처음 아기를 만나는 순간은 얼마나 떨리고 조심스러울까? 눈, 코, 입, 손과 발이 다 문제없이 달려 있을까? 한심하기도 하고, 엄청나기도 한 생각들로 들뜬 하루하루를 보내곤 했다. 아이를 품은 채로 평범한 상념에 기쁘게 젖어드는 내가 그렇게 순수해 보일 수가 없었다. 그러다가도 짐짓 마음이 가라앉으면 내가 한 생명을 태어나게 한다는 사실의 무게를 곱씹어 보곤 했다.

임신 3개월 차가 되었을 때였다. 한 달 전 나의 임신 사실을 확인해 주었던 의사 선생이 배에 청진기를 갖다 대면서 말했다.

"아기 심장 소리 한번 들어보겠어요?"

"심장 소리요?"

나는 가벼운 흥분과 기대감을 느끼며 귀를 기울였다. 그런데 몇십 배로 확대되어 북소리처럼 쿵쾅거리는 소리를 듣는 순간 나도 모르게 흠칫 놀라고 말았다. 즐거움이나 신기함보다는 섬뜩한 느낌이 온몸을 타고 전해져 왔다. 순간적으로 눈을 질끈 감고 어깨를 움츠렸던 것 같다.

해 질 무렵 병원을 나와 컴컴한 길을 터벅터벅 걸어 집으로 돌아왔다. 누구와도 말하고 싶지 않았다. 방으로 들어가 문을 잠근 채 오래도록 혼자 있고 싶었다. 내 몸속에 또 하나의 존재가 있다, 무서운 생존 본능을 가진. 나의 모든 것을 의식하는 또 하나의 존재가, 또 하나의 영혼이 자라고 있다. 그 존재를 너무도 선명히 느낀 지금, 한 생명을 탄생시키는 행위의 의미가 새삼 어깨를 짓눌렀다. 지금까지 나는 임신했다는 사실을 관념적으로만 받아들이고 있었다는 것을 알았다.

이 아이는 누구인가. 이 존재를 어떻게 맞이해야 할까. 나의 몸을 9개월간 빌려 세상에 나오게 될 이 생명을, 후회 없도록 후하게 대접하고 싶었다. 나는 앞으로의 날들을 정결한 영혼과 육신인 채로 보내야겠다고 생각했다. 어쩌면 붓다나 성모 마리아처럼, 훗날 이 세상을 빛낼 멋진 존재가 될 수도 있을 테니까.

희를 품 안에서 기른 것은 6개월밖에 되지 않지만, 그 기간만큼은 아이를 품에서 떼어놓은 적이 없었다. 보모를 들일 만한 형편도 되지 않았기 때문에 어딜 가든 늘 둘이 함께였다. 그런 상태로는 일을 할 수 없어서 경제적으로는 참으로 힘겨웠지만, 아이를 안고 다니며 나는 온 우주를 안은 듯한 충만함을 느꼈다.

갓난아이를 구경하기 힘든 도시여서 그런지 희는 어디

를 가도 눈길을 끌었다. 한번은 칸딘스키의 그림 전시회가 있다고 해서 희를 안고 간 적이 있었다. 그런데 그림은 감상하지 않고 우리 뒤만 따라다니는 서양 남자가 있었다. 알고 보니 아이를 보고 있는 거였다. 미심쩍은 눈길을 보냈더니, 그는 순진한 얼굴로 씩 웃으며 이런 말을 했다.

"진짜 예술품은 여기 있는 것 같지 않아요?"

그 말을 듣곤 나도 웃고 말았다. 정말이다. 작은 아기는 신이 창조해 낸 예술품이다. 어떠한 예술도 여기, 신비로 가득한 아기와 비교할 수 없다. 맑은 눈동자, 그리고 아름다운 형태와 움직임. 보면 볼수록 그 순수함 속에 끌려들어 가고 만다. 희를 볼 때면 나 스스로가 그렇게 대견할 수가 없었다.

일생 동안 아이를 갖지 않겠다고 다짐하던 때가 엊그제 같다. 그러나 막상 한 아이의 엄마가 되고 나니 이전에는 어떻게 세상을 살아왔는지 상상이 되지 않았다. 아이를 탄생시켰다는 것만이 생생할 뿐, 다른 일들은 실감이 잘 나지 않았다. 그 어렸던 희는 지금 결혼을 하고 아이를 낳았다. 희 또한 새로운 세계와의 만남을 시작한 것이다.

단 하나의
진정한 사랑

그리움이라는 끝 모를 바다를 사이에 두고 가슴 아파했던 순간들이 있었다. 그 과정을 겪으며 부모의 사랑은 더없이 절절하고 깊어졌지만, 아이가 갈증과 허기를 느껴야 했던 것은 분명한 사실이다. 하지만 신은 언제나 감당할 수 있는 일만 주신다. 천둥과 번개가 내리칠 때마다 어린나무는 무시무시한 꿈을 꾸고, 강한 바람에 못 이겨 뿌리를 내보일 만큼 기우뚱거리기도 한다. 그러나 그 시간을 통해 뿌리가 단단해지고 깊어지면 어린나무는 더이상 천둥이 무섭지 않다. 지혜로운 고목으로 성장하기 위해 의연히 위를 향해 나아가는 것이다. 시련은 인간을 키우는 샘물이 된다는 것을, 나는 아이를 키우며 알게 되었다.

어린 희를 볼 때마다 내 자식이고 아이지만 나보다 훨씬 어른스럽다고 느낄 때가 많았다. 그 앞에 서면 내 마음가짐이 흐트러지지 않았는지 늘 스스로를 돌아보게 되었다. 어머니가 돌아가신 지 오래되지 않은 데다 윤회에 대한 절실한 체험이 더해져서 그런지 나도 모르게 아이와 어머니를 자주 연결 짓다 보니 더 그렇게 느꼈는지도 모르겠다. 그 아이가 나보다 더 오래된 영혼을 가진 것 같다는 느낌은 수시로 나를 찾아왔다. 특히 눈빛을 보면 어딘지 나보다 훨씬 깊은 데가 있었다. 그래서 아이를 어린애로만 취급하지 않았고, 무엇을 시킬 때나 말을 할 때도 결코 명령조로 하지 않았다. 나는 이런 생각인데 너는 어떠냐고 의견을 교환하듯 대화했다.

시간이 지난 뒤에 우리가 떨어져 살았을 때의 이야기를 희와 나누었다. 내가 뉴욕에서 올 때마다 늘 나를 필사적으로 피하던 희. 고모할머니에게만 다정했던 희. 그때마다 가슴이 아파 손바닥으로 쓸어내릴 수밖에 없었던 날들.

"나는 엄마가 이 세상 사람이 아닌 것 같았어. 그래서 자꾸 도망 다녔어. 미안해."

희는 자신이 살고 있는 세계와, 뉴욕에서 예술가로 사는 나의 삶이 빚어내는 괴리감을 일찍이 알아차렸던 것이다. 친근감은커녕 최소한의 애정을 갖기조차 우리에게는 어려운 일이었다. 나는 희가 어렸을 때에도, 그리고 어른이 된 후에도 그 모든 사실을 인정하고 받아들이려 애썼다. 희가 나를 엄마라는 대상으로서 사랑하지 않는다는 것을, 그리고 그 마음을 되돌릴 수 없다는 사실을 말이다. 운석처럼 날아오는 운명을 피할 수는 없는 노릇이었다. 누군가를 끊임없이 원망하거나 후회하고, 아픔과 슬픔을 계속해서 떠올리기보다는 희를 통해 배운 진정한 사랑의 의미를 더 생각하려 했다. 상대가 나를 사랑하지 않아도 내가 더 상대를 사랑하는 것이 진정한 사랑이다. 그러자 현실로부터 보다 자유로워질 수 있었다. 죽는 순간에 도달할 때까지 조금씩 조금씩 자유로워지는 과정은 계속될 것이다. 어떠한 집착의 흔적도 남기지 않고 떠나고 싶다는 생각을 자주 하게 되는 요즘이다. 무언가를 손에 쥐지 않은 채로, 아무런 생각도 없이, 가벼워지고 싶다는 생각.

　누군가 사랑에 대해 묻는다면 나는 '순간'이라고 말할 것 같다. 혹은, 거기에 덧붙여 너무 순간이어서 잘 기억나지 않는다는 모호한 대답을 할지도 모른다. 최근에도 사랑이라고 느낀 순간이 있었지만, 기억에 남기기 위해 일부러 노력하지는 않았다. 그저 물 흐르듯이 그 따듯한 감정과 사랑스러운 숨결을 그대로 지나가게 두고 싶었다. 사랑은 그저 그 순간에 존재했던 감정일 뿐이었다.

　어떤 이들은 나에게 곧잘 묻는다. "사랑이란 것을 최근에 느껴본 경험이 있으신가요?" "가장 기억에 남는 사랑은 어떤 것인지요?" 나는 그들의 기대와는 달리 아주 짧게, 기억하지 않는다고 답한다. 인간이라면 누구나 가장 소중하게 여기는 감정인 사랑을 왜 기억하지 않느냐고 의아해할 수도 있겠지만, 나는 사랑을 느끼는 한순간에 집중할 뿐 기억으로 붙잡아두거나 손아귀에 쥐고 있으려고 하지 않았다. 보통 사람들은 사랑에 관한 추억을 소중한 기억으로 간직하려 할 테지만, 나는 오히려 그것이 너무나도 값지기 때문에 오롯이 받아들이는 데에만 집중하고 싶었다. 혹시나 소유욕으로 인해 순간의 감동을 놓치거나, 집착하게 될까 봐 두렵기도 했다. 영원한 것은 아무것도 없다. 물론 나에게도 사랑에 매달리느라 숨을 고르기 힘들 정도로 마음이 아팠던 때가 있었다. 그 시기는 꽤나 길었고, 돌이켜 보면 그때의 사랑은 집착이었다고 표현해야 마땅할 것 같다.

나에게 사랑이란 매 순간 다른 이름과 형태로 다가온다. 호흡이 늘 똑같지 않은 것처럼, 사랑의 표현과 느낌 또한 순간순간마다 다르다. 존재하는 모든 것들 가운데 변하지 않는 것은 없다. 사랑 역시, 상황과 시간에 따라 계속해서 변한다. 변화는 태어나서 근육이 자라고 주름을 얻는 것과 마찬가지로 눈에 보이지는 않지만 자연적인 일이다. 젊었을 때는 그 사실을 안타깝게 여기기도 했다. 하지만 피하고 발버둥을 친다고 한들 그게 다 무슨 소용일까. 그저 받아들이는 시간만 늦추는 것뿐이지 않을까.

사랑이 무엇인지를 정의하기란 여전히 어렵지만, 삶의 한 일부라는 생각에는 변함이 없다. 긴 시간을 살아오며 나는 꾸준히 사랑했다. 기억은 선명함을 잃어가더라도, 몸과 마음에 남은 사랑의 에너지가 아직까지 나를 움직이게 하는 것일지도 모른다고 늘 생각한다.

만약 '진정한' 사랑을 언제 처음 알게 되었느냐고 질문을 바꾼다면 단 한 순간을 꼽을 수 있다. 바로 희를 낳았을 때다. 마흔이 넘어 딸을 낳았을 때, 바로 그 순간부터 가슴에서 분출하는 뜨거운 기운이 사랑임을 알았다. 딸은 인류를 향한, 예술을 향한, 자연을 향한 빛나는 기쁨을 깨닫게 해준 가장 소중한 존재다. 그래서 늘 고마움을 지니고 살아간다.

배가 점점 불러와 만삭에 가까워졌을 때, 거울 속 잔뜩 부른 배를 끌어안고 있는 내 몸이 그렇게 아름다울 수가 없었다. 비로소 완전한 형태를 찾은 듯한 느낌마저 들었다. 아이를 낳기 일주일 전, 이따금 나의 작품 사진을 찍어주곤 했던 한 사진작가에게 만삭 사진을 촬영해 달라고 의뢰했다. 부질없는 일 같기도 했지만, 언제 다시 이렇게 완전하고 아름다운 몸을 가져볼 수 있겠는가 하는 생각에 그것을 장면으로 고정시켜 두고 싶었다. 지금도 사진들이 남아 있어 내 한때의 보람을 상기시켜 주곤 한다. 거기엔 알몸으로, 부끄러움보다 더 큰 자랑스러움을 한껏 느끼고 있는 얼굴의 내가 서 있다.

몸속에서 아이가 자라고 있을 때 나는 정신적으로나 육체적으로 그 어느 때보다도 큰 충만감을 느꼈다. 모든 것을 긍정적으로 받아들일 수 있었고, 한 생명을 품고 있다는 성스러움도 느낄 수 있었다. 정신은 더욱 겸허해졌고 육체는 민감해졌다.

아직도 나를 원망하곤 하는 딸에게 그저 잘 자라주어 고마운 마음을 느낀다. 내가 해줄 수 있는 건 원망의 소리를 언제든 들어주는 것이다. 구태여 변명하듯 달래거나 설명하지는 않는다. 대신 언제든 들어줄 준비가 되어 있다.

지금은 나와는 전혀 다른 길을 가고 있는 딸의 모습을 천천히 지켜보는 중이다. 딸을 보면 이렇게도 다를 수가 있나 싶을 만큼 나와 상반되는 구석이 적지 않다. 딸아이는 매일매일 청소를 해야만 직성이 풀리는 성격을 지니고 있고, 나는 그렇지 않다. 이런 사소한 생활에서의 차이뿐 아니라 키가 크고 선이 가늘다는 점에서도 나와 다르다. 눈빛도 그렇다. 딸아이의 눈 속에는 조금은 서늘하고 차가운 느낌이 있다. 그에 반해 나는 뜨거운 사람이다. 희는 지금 뉴욕에서 아이를 키우며 생활하고 있다. 아이를 옆에서 보듬으며 끝없는 사랑을 준다. 반면 나는 딸에게 집착도, 미련도, 서운함도 느끼지 않는다. 그런 면에서 우리는 육아 방식도 다르다. 같은 뉴욕이더라도, 희는 자신이 스스로 가꾼 신념에 따라 나와는 또 다른 삶을 살아가고 있다.

 좀처럼 관여하거나 훈수를 두지 않는 나에게 딸은 "엄마, 나 친딸 맞아?"라며 어린아이가 할 법한 말을 하기도 한다. 나는 그저 알아서 답을 찾으라고 말해줄 뿐이다. "시간을 가지고 결정해라" 정도 외에 내가 더 보탤 말은 없다. 절대적인 것은 없다. 항상 직접 겪어보고 부딪쳐봐야 아는 것이니. 빛이 있으면 어둠이 있듯이, 잘되는 일이 있으면 못되는 일도 생겨나기 마련이다. 대부분의 일들은 그저 자연스럽게 일어난다. 할 수 있는 한 최선을 다하되 집착하지 말아야 한다. 모든 관념은, 끊으려면 끊어지는 쇠사슬이다. 굳게 믿고 있던 관념으로부터 벗어나면 무슨 큰일이 벌어질 것 같아도 막상 닥쳐보면 그렇지 않을 때가 많다. 스스로 쇠사슬을 끊을 수 있는 힘을 지녔다는 사실만 인지한다면, 생활 속의 순간순간이 자유를 향한 스승이 되어줄 것이다.

오로지 중요한 것은 하나.

사랑을 공부하며 살았으면 하는 바람이다.

사랑이란 매 순간 다른 이름과 형태로 다가온다.

호흡이 늘 똑같지 않은 것처럼,

사랑의 표현과 느낌 또한 순간순간마다 다르다.

존재하는 모든 것들 가운데 변하지 않는 것은 없다.

사랑 역시, 상황과 시간에 따라 계속해서 변한다.

모든 것은 그저
자유로운 선택과 놀이

지금은 그저 마음이 흐르는 대로 자유를 좇는다. 지금
의 나에게 고행이나 집착, 구속 같은 말들은 결혼과 어깨
를 나란히 하는 단어가 아니다. 그런 나이가 되었다. 먼
지를 털고 일어난 느낌이라고 해야 할까.

지금까지의 이야기는 모두 옛이야기이다. 지금은 아
무런 욕심 없이 사랑을 시작하고 있다. 보다 더 큰, 그리
고 자연스러운 변화를 겪은 나이에 와 있다. 늘 마음 가
는 대로 행동했던 것이 나의 지금을 만들어주었다. 나는
한 번의 이혼과 한 번의 재혼을 했다. 그리고 지금, 어떠
한 집착도 욕심도 없이 그저 충만한 노년의 사랑에 대해

서 생각한다. 활동적으로 들끓던 욕망은 이제 없다. 지금 나에게는 나를 바라보는 상대방의 눈빛 속 평화만이 남아 있다.

베르너 사세. 나의 남편이다. 그와 재혼한 지는 12년쯤 되었다. 첫 만남을 떠올려보면 역시나 기억에 선연한 것은 눈빛이다. 그가 나를 쳐다보는 눈빛에는 늘 신비하고 어딘가 빠져드는 느낌이 있었다. 그는 매번 나를 신기하다는 듯한 눈으로 바라본다. 항상 처음과 같은 눈빛으로 나를 대한다. 나를 있는 그대로 바라봐준다. 나는 그 눈빛 덕분에 좀 더 나답게, 자유롭게, 아이처럼 살고 있다. 눈을 뜨면 가장 먼저 마주하는 것도 그의 눈이다. 아마 살면서 별일이 벌어지지 않는다면 나는 평생 그 눈과 함께 하루를 시작할 수도 있을 것이다.

그는 한국을 누구보다 사랑하는 사람이다. 한국에 대해 유난한 사랑을 가지고 있다고 해도 무방할 정도다. 한국 문화와 역사를 전공한 그는 『민낯이 예쁜 코리안』이라는 책을 쓰고 세종대왕의 책인 『월인천강지곡』을 독일어 최초로 번역했으며, 한국의 자연환경을 수묵화로 그리기도 했다. 그가 한국이라는 나라에 빠져 지낸 세월은

40여 년에 이른다.

처음 만난 것은 2009년 11월 재독 화가 노은님 씨의 전시회에서였다. 처음엔 명함만 교환하고 그 후로 1년간 아무런 연락도 없이 지냈다. 어디서 우연히 만난다면 좋겠거니 하는 정도의 호기심만 있었다. 그러나 그를 전라남도 담양에서 두 번째로 만나게 되었을 때 내가 느낀 감정은 이것이었다. "이 양반, 좀 다르네." 제자의 집에서 만난 그는 말도 없고, 학자 같은 면과 예술가 같은 면을 모두 지니고 있었다. 게다가 생활 전반에서 고정관념과 욕심이 없는 듯이 보이는 사람이었다. 어떤 제안이든, 어떤 의견이든 "yes"를 외치는 예스맨이었다. 긍정적인 대답은 항상 따뜻한 목소리와 함께 들려왔다.

그러나 이런 그의 이미지는 마지막에 가서 조금 깨졌다. 맥주를 너무 많이 마신다는 점에서였다. 그날은 독일 사람들이 여럿 모였고 주로 술을 마시다가 끝이 나게 될 자리였다. 나는 그런 자리가 늘 힘들었다. 그래서 그 다음 날 마치 복수하는 마음으로 내가 점심을 사겠다고 했다. 가장 한국적이고 단순하고 원초적인 것을 대접하고 싶었다. 나는 담양에서 아주 오래된 보리밥집을 찾았다. 그와 그의 동료들은 놀라는 눈치였다. 단단한 대리석으로 지어진 깔끔한 스테이크집이 아니라 다 쓰러져 가는 할머니 밥집이라니. 그날 식사 자리는 내내 조용했다. 모두 당황한 기색이 역력했는데, 유독 그만이 나를 뚫어져라 바라보기만 했다. 나는 그의 시선에도 아랑곳하지 않고 열심히 보리밥을 퍼 먹었다. 그 조용한 식사를 끝내고 나는 서울로 다시 돌아갈 채비를 했다. 그때 그가 나를 기차역으로 데려다주겠다고 했는데, 그 제안을 거절하자 그는 다시 한번 명함을 남기고 떠났다. 그 뒤부터 담양에서 안성에 이르는 장거리 연애가 시작되었다. 무너져 갔던 호감이 다시 인 것은 그가 보리밥집에서 조용히 식사를 했다는 점과, 그의 목소리 때문이었다. 목소리가 무척 좋았다. 그 목소리를 들으면 그에게 친절해지고 싶은 기분이 들었다. 나는 목소리로 대강 그 사람의 마음을 알 수 있었다. 지금도 누군가가 전화를 걸어오면, 목소리만 듣고도 그가 어떤 마음인지, 어떤 사람인지 어느정도 가늠할 수 있다.

죽산의 용설저수지 앞 어느 다방에서 그를 다시 만났을 때 나는 여러 가지 질문을 던졌다. 그도 한 번 이혼

했고, 아이들이 있었다. 호기심에 이것저것 묻기만 하는 나에게 그는 소탈하고 진지한 목소리로 자신의 이야기를 다 털어놓고 풀어놓았다. 들을수록 그에게서 우울함이나 어두운 모습은 찾기 어렵다는 것을 알 수 있었다. 이혼하는 과정에서 집안의 물품을 나눌 때 한 폭 남은 그림을 주기 위해 서로 양보했다는 사례만 보아도 그러했다. 그는 나만큼이나 '지금'에 충실한 사람이었다. 무엇이든지 좋다고 말할 수 있는 사람이었다. 또한 나를 누구보다 먼저 생각하며, 내 의견을 100퍼센트 따라줄 수 있는 사람이었다.

그가 프러포즈하기 전까지는 결혼 생각이 전혀 없었다. 그저 이런저런 욕심이 없는 만남이 좋았다. 그래서 프러포즈를 받았을 때, 나는 잠시 생각에 잠긴 끝에 결론 내렸다. 70대에 결혼을 하는 것도 참 괜찮은 일인 듯 싶다고. 아마 우리의 결혼 생활은 지금과 다를 것이 없으리라고. 옆에 있어도 없는 듯하고, 없어도 있는 듯하고…… 그저 평화로울 것 같았다. 각자 아무 구속 없이 생활하다가 식사할 때, 잠잘 때 다시 만나고 서로 동행하면서 사는 삶. 욕심이라는 것은 우리의 삶과 어울리지 않는 단어였다. 욕심을 부릴 것이 어디에 있겠는가. 나는 예술과 사랑, 그리고 결혼은 이런 면에서 모두 마찬가지라고 생각한다. 모든 것을 비우고 욕심이 없어질 때, 가장 아름다운 것이라고. 노년의 사랑은 그래서 더욱 아름다운 것이라고.

결혼 또한 내가 추는 춤이자 순례였다. 나는 모든 만물의 움직임 전체를 춤으로 여기고 싶었다. 남녀가 만나 결혼하는 것도 우주의 조화이고 자연의 이치이니, 결혼도 춤이라고 볼 수 있지 않겠는가. 정지된 상태가 아니니까. 나는 결혼을 아름다운 놀이라고 생각했다. 그 또한 나의 생각에 이렇게 답해주었다. "우리가 애들도 아니고, 다 경험이 있는 사람들이잖아요. 그런 두 세계가 만나는 거예요. 오, 나이스 원!"

우리의 청첩장 타이틀은 '러브 이즈 플레이Love is play'였다. 인생의 모든 것은 다 놀이가 아닐까 하는 생각에서 비롯된 것이었다. 사랑과 결혼을 너무 심각하게 생각하는 것이 문제 같았다. 제일 기쁜 것은 우리의 결혼식을 본 이들이 희망을 가지게 되었다는 점이다. 결혼식이 끝나고 나서 지인들에게 가장 많이 들은 말은 "저 나이에도 이렇게 멋진 결혼식을 하다니, 나도 할 수 있을 것 같아요"라는 말이었다. 심지어는 "나도 70에 결혼해야지" 하는 이도 있었다.

물론 나이 칠순에 무슨 재혼을 하느냐는 사람들도 있을 것이다. 마흔 넘으면 여자인가, 하면서 힐난을 할 사람도 있을 수 있다. 하지만 마른 가지처럼 죽는 것은 너무도 슬픈 일이 아닌가. 모든 것은 본인의 선택에 달려 있다. 늘 열려 있어야 인생 안에서 모든 것이 가능해진다. 내가 늦은 나이에 춤을 따라갔던 것처럼, 마음을 따라가다 보면 자연스레 특별함과 이상함을 동시에 얻게 된다. 그러나 사실 그 특별함과 이상함은 내 안에서 비롯된 감각이 아니다. 그것은 누군가의 시선에서 생겨나는 것들이다. 나에게는 모든 것이 그저 자유로운 선택과 놀이일 뿐이다.

사랑은 치유라는 이름 안에서
강해진다

    사랑이라는 말은 굉장히 광범위하다. 어쩌면 사랑을 느끼는 대상이 실은 상대방이 아니라 나일지도 모른다는 생각이 들기도 한다. 사랑은 결국 나를 위해 존재하는 감정이고, 최종적으로는 나에게로 흐른다. 미워하는 마음도 마찬가지 아닐까. 세상에 경멸을 느끼고, 아픔과 미움을 곱씹다 보면 그것은 곧 자신의 것이 된다.

    그런 면에서 사랑은 위대한 치유가 되어준다. 딸에게 좀처럼 간섭하지 않는 나지만, 그럼에도 당연히 늘 사랑의 감정을 느낀다. 아이는 우주다. 그 생각을 멈출 수가 없다. 아이들에게는 자유로운 환경이 주어져야 한다. 아이들의 우주를 그저 가만히 두고 지켜주어야 한다. 여덟 살 손자를 볼 때마다 나는 그의 우주에 경이로움을 느낀다. 내가 결혼을 해서 딸을 낳고 손자를 보리라고, 누가 상상이나 할 수 있었겠는가. 인생을 미리 유추할 수 있는 방법은 이 세상에 존재하지 않는다. 그리하여 나는 어느 날 갑자기 손자가 내 앞에 와 있는 것 같다는 느낌을 받는다. 작은 기적이라고밖에는 말할 수 없다. 그 작은 손과 발을 보고 와, 하고 속으로 감탄을 내지른다. 그리고 지금 나의 딸도 이 아이를 보며 진정한 사랑과 자유의 의미를 경험하는 중이 아닐까, 종종 생각한다.

뉴욕에 사는 손자는 이제 여덟 살배기가 되었다. 조금 예민한 성향을 가지고 있는 그 아이는 내게 때때로 사소하지만 큰 깨달음과 가르침을 주기도 한다. 어느 날은 손자가 거실에서 커피를 마시고 있는 나에게 다가와 이렇게 말했다.

"신자 할머니, 할머니는 테이블 매너가 없는 것 같아요."

나는 흠칫 놀라 아무 대꾸도 할 수 없었다. 아이와 식사를 한 지 닷새나 지난 뒤였다.

"신자 할머니는 웨이터가 소금을 가져다주었을 때 고

맙다고 말하지 않았어요."

나는 당황하면서도 새어 나오는 웃음을 참을 수가 없었다. 여든 넘어 테이블 매너를 지적당하는 그 순간이 재미있고 신선했다.

"신자 할머니, 할머니는 예의가 없어요!"

아이는 다시금 내 얼굴을 보면서 말했다. 나는 이토록 깨끗하고 순수한 존재에게 매번 무언가를 배울 수밖에 없으리라는 사실을 직감했다. 아이들은 항상 맑은 눈으로 주변을 감각하고 직관한다. 그 눈 앞에서는 어떤 것도 숨길 수가 없다. 83세에 테이블 매너가 없는 나, 홍신자. 나는 나를 꾸짖었다.

나는 딸을 딸이라고 부르기보다는 이름으로 자주 부른다. 그리고 나도 그렇게 불리길 원한다. 독립된 생명체인, 그저 나로. 손자도 마찬가지다.

"신자 할머니."

나는 그 소리가 들리면 기쁘게 뒤를 돌아본다.

어떤 부모들은 자식에 관한 것이라면 무엇이든 적극적으로 관여하려고 한다. 자식을 통해 자신의 부족한 지점을 채우려 하기도 하고, 때로는 자신의 인생보다 자식을 우선순위에 두며 학업은 물론이고 결혼까지도 컨트롤하려고 한다. 이렇게 되면 사랑하는 일이 피곤하고 고단한 과정처럼 느껴지게 된다. 누구에게나 부족한 지점은 있다. 그것을 똑바로 바라보고 인정해야 한다. 더러 자식의 실패를 자신의 실패로 여기는 이들이 있는데, 이는 자칫 잘못하면 폭력적인 방법으로 귀결될 수 있어 위험하다. 자식에 대한 사랑은, 한 사람에 대한 사랑은 그런 것이 아니다. 짐승도 때가 되면 새끼가 보금자리에서 떠나보낸다. 인간을 가두어놓고 만족을 얻으려 하는 것을 사랑이라고 부르기는 어렵다.

예전에 가출 청소년들과 관련된 강연을 한 적이 있다. 가장 기억에 남는 것은 아버지에게 쇠사슬로 맞았다는 아이의 이야기였다. 말을 안 듣는다며 가둬버리는 일도 허다했다. 엄청난 비극이었다. 나는 이미 상처받은 아이들에게, 상처를 어떻게 치유하면 좋을지에 대해 이야기했다. 너희가 원하지 않았는데도 일어나는 그런 일들은 너희의 잘못 때문이 절대 아니라고. 그럼에도 이 일이 벌어졌음을 받아들인 뒤 이제부터는 새 출발을 해야 한다고. 상처 준 이들에 대해 계속해서 생각하면 상처가 영원해질 테니, 잔인함과 무식함에 눈먼 부모를 잊어야 하고 용서가 그 방법 중 하나일 수 있다고. 희망과 용기를 전하려 했지만, 돌이킬 수 없는 그 일들에 비통함을 느꼈다. 이미 일어난 비극을 없던 일로 되돌릴 수는 없지만, 앞으로 살아가기 위해서는 그 기억과 아픔을 비워내는 연습이 필요하다. 인생은 하나의 긴 경험이다. 사계절이 있듯이, 삶에서도 업 앤드 다운up and down이 반복된다.

매일매일의 생활에서 사랑을 하나씩 찾자. 그리고 그 사랑을 나누는 공부를 하자. 사랑을 베푸는 것이 권력이나 돈을 베푸는 것보다 더 보람 있는 일이라고 성현들은 가르쳤다. 우리 생명의 근원은 사랑에서 시작되었다. 그러므로 우리의 본질 역시 바로 사랑이다. 사랑으로 비로소 충만해졌을 때 남에게도 베풀자. 미움을 가진 사람은 미움으로밖에 남을 대할 수 없다. 베푼 만큼 되돌아오지 않을까 봐 실망할 바엔, 차라리 사랑하지 않겠다고 철문으로 가슴을 무장하는 사람도 있다. 누군가가 접근해 오면 두려움과 긴장부터 느낀다. 이 사람과의 승부를 미리 걱정하는 것이다. 가슴에서 시작되어야 하는 사랑이 머리를 거치면, 미처 깨닫기도 전에 계산과 방어가 시작된다. 가슴속의 소리를 조용히 들어보라. 사랑이 솟아오르고 있음을, 사랑의 힘이 온몸으로 퍼져나감을 느낄 수 있을 것이다. 그것은 이 세상 무엇과도 바꿀 수 없는 신비의 전율이다.

사랑은 치유라는 이름 안에서 강해진다. 구속과 억압, 자기만족이라는 이름 안에서는 한없이 폭력적으로 기울게 된다. 사랑은 상대방에게 아무것도 요구하지 않는 것이다. 하고자 하는 것을 자유롭게 선택했을 때 격려해 주고 축복하는 것이 바로 사랑이다. 사랑이라는 이름 아래 배우자를, 자식을, 제자를 구속하는 것은 사랑이 아니라 욕심이다. 질투나 소유욕을 우리는 자주 사랑으로 착각한다. 그러고는 그것에 서둘러 사랑이란 이름을 붙이고 상대를 구속하기 시작한다.

"이렇게 하면 너는 예쁜 아이고, 저렇게 하면 너는 미운 아이다."

사랑은 때로 이런 식의 조건이 되기도 한다. 조건이 어긋나면 언제든 깨어질 수 있는 것이 된다. 외롭고 가난해질 노후를 생각해 자식을 갖는 이들도 있다. 이것은 순수한 사랑의 결실이라고 할 수 없다. 자식을 한 인간으로서 존중하고 사랑하기보다는 자신의 안위나, 이루지 못한 꿈을 위해 존재하게끔 하는 것은 얼마나 슬픈 일인가. 탄생이 바로 사랑 그 자체이며 자라나는 과정 역시 사랑으로 가득할 수 있다면, 그것만으로 충분하지 않겠는가.

일상이 여행인 나는 늘 길을 물어가면서 다닌다. 길을 알려주는 사람들의 손끝에서 때로는 사랑, 때로는 증오, 때로는 무관심을 본다. 증오를 가진 자의 손가락은 엉뚱한 곳에 가 있고, 무관심한 자의 손가락은 어디를 가리키는지조차 알 수 없다. 그러나 사랑으로 가득한 자의 손가락은 언제나 정확한 곳을 가리킨다. 사랑이 없다면 우리는 영원히 길을 헤매고 말 것이다.

사랑하고
또 사랑하기

사랑이 있는 자에게는 호랑이도 덤벼들지 않는다고 한
다. 맹수가 우글거리는 산속에 살면서도 맹수에게 당하
지 않는 사람들은 무슨 도술을 부리며 사는 것이 아니다.
동물의 감각은 인간보다 예민해서 상대방의 적의를 감각
으로 알아차릴 수 있다. 단지 그 감각만으로 눈에 보이
지 않는 먼 거리에 있는 적의 위치를 추적한다. 바로 그
감각으로, 사랑과 자비심으로 충만한 자를 알아보는 것
이다. 동물들은 자신에게 두려움을 불러일으키는 대상이
아니면 공격하지 않는다.

비할 바는 아니지만 나에게도 비슷한 경험이 있다. 인

도에는 떠돌이 개들이 아주 많다. 아무 데서고 예기치 않게 공격을 받을 수 있고, 물려 죽는 사람의 숫자도 적지 않다. 막다른 골목 같은 데서 미친개처럼 눈빛이 심상찮은 개와 정면으로 맞닥뜨리게 되면 섬뜩한 공포감이 엄습한다. 인도에 간 지 얼마 되지 않았을 무렵, 처음 그런 상황을 만나 서둘러 도망치려고 했다가 더욱 곤경에 처하고 말았다. 한 마리가 짖자 어디서 나타났는지 순식간에 무리가 몰려왔다. 으르렁대는 개들에게 포위당해 옴짝달싹할 수가 없었다. 조금이라도 발걸음을 옮기면 금방이라도 덤벼들 것처럼 움직임이 재빨라지면서 포악하게 짖고 이빨을 드러냈다. 식은땀을 흘리며 공포에 떨다가, 문득 저들을 두려워하지 말아야겠다는 생각이 들었다. 나는 두려움 때문에 그들을 경계하고 거부하며 강한 적대감마저 느끼고 있었는데, 예민한 동물의 감각으로 그것을 알아차리고 있을지도 모를 일이었다.

그때 나는, 마음을 턱 놓고 경계심을 풀어버리는 모험을 감행했다. 들떠 있던 호흡을 진정시키고, 마치 나를 죽여도 좋다는 듯 완전한 무방비 상태로 서서 한 마리 한 마리를 사랑을 품고 바라보기 시작했다. 잠깐의 시간이 흐르자 우리의 대치 상태가 그렇게 위험하지 않다고 느껴지는 순간이 왔다. 그래서 나는 콧노래를 조용히 흥얼거리며, 완만한 동작으로 아름다운 선을 그려보았다. 내 몸동작에서 공격성이 보이지 않는지 개들은 동요하지 않았다. 나는 이윽고 온화한 표정과 태연한 걸음걸이로 천천히 움직이기 시작했다. 개들은 잠깐 뒤따라오더니 어느새 사라졌다. 그 이후로도 어디서든 그런 개들과 맞닥뜨렸지만, 그때마다 사랑이 가득한 마음으로 그들을 태연하게 바라본 것이 효과가 있었던지 한 번도 물린 적이 없다.

뉴욕에는 반려동물에 엄청난 정성과 사랑을 쏟는 사람들이 많았다. 강아지나 고양이를 아기처럼 둘러업고 다니기도 하고, 주기적으로 숍을 찾아가 목욕과 미용을 시키고 사료 대신 고기 중에서도 가장 부드러운 부분을 잘게 다져 정성껏 먹인다. 비록 자신은 간단하게 때워도, 반려동물만은 맛있고 영양가 높은 건강한 음식을 먹이고 싶어 한다. 만약 개는 집을 지키고 고양이는 쥐를 잡아먹는 동물에 불과하다는 고리타분한 생각을 가지고 뉴욕에

간다면 가는 곳곳마다 충격에 빠지게 될 것이다.

뉴욕의 유명한 전위 피아니스트 마거릿 렝 탄^{Margaret} ^{Leng Tan}, 싱가포르 태생의 그녀는 줄리어드 스쿨에서 박사학위를 받았다. 몇 번 작업을 함께하며 그녀가 개를 기른다는 사실을 알게 되었다. 얼마나 아끼는지 남편에게는 이런 선언을 했을 정도라고 했다.

"당신 없이는 살아도 이 개 없이는 하루도 못 살아요."

그녀의 사랑은 감동적이다. 길을 가다가도 떠돌이 개를 만나면 먹을 것을 사서 먹여야 직성이 풀린다. 어떤 이유에선지는 알 수 없지만, 그녀는 실제로 남편과 이혼을 했고 개와는 헤어지지 않았다.

한국 모 대학 교수인 P 씨도 한때는 나처럼 배고픈 뉴욕의 무용학도였다. 그는 아르바이트로 다른 사람의 개를 돌보는 일을 했다. 낮 12시가 되면 아파트로 개를 데리러 가 산책을 시키고, 대소변을 보게 한 뒤 다시 데려다주는 일이었다. 고용인은 개를 사랑하며 이 일을 성실하게 해낼 수 있는 사람을 고르기 위해 몇 번이나 면접을 거친 후 착실해 보이는 이 한국 학생을 선택했다. P 씨는 매우 성실하게 일했다. 정해진 시간에 기계처럼 어김없이 출근했다. 그러던 어느 날, 타고 다니던 오토바이가 고장 나는 바람에 평소보다 10분 늦게 도착했는데 그것을 알게 된 고용인은 다음 날 P 씨를 불러 크게 화를 냈다.

"학생, 생각해 봐. 자네라면 대소변을 꼭 봐야 하는데 10분을 참으라면 어떻겠어? 그것이 얼마나 고통스러운 일인지 상상이나 해봤나? 우리 개는 훈련이 잘되어 있어 12시 정각에 나가지 않으면 치명적이야."

용서를 빌려던 P 씨는 말을 채 꺼내지도 못했다. 그러곤 해고당했다. 동물에 대한 그의 사랑은 무조건적이고 열렬한 데 비해, 인간에게 베풀 만큼의 여분은 없었던 모양이다. 인간보다 동물을 더 사랑하는 사람들의 마음은 숭고하기까지 하다. 다만, 사랑의 대상을 그 이상으로 넓혀가지 못하고 병적인 집착으로 키워내는 이들은 안타깝다.

인간은 외롭고, 사랑을 갈망한다. 그게 선천적인 본능이다. 때로는 애정을 쏟을 대상으로 인간이 아닌 동물을 택하기도 한다. 동물을 사랑할 때, 그들은 동물에게 아무것도 기대하거나 요구하지 않는다. 거의 무조건적이다. 적어도 인간을 배반하거나 거역하지는 않을 거라는 믿음 때문일 것이다. 만약 다른 인간과도 그만큼 무조건적인 사랑을 할 수 있다면 어떨까? 인간과 인간 사이의 사랑은 대개 조건적이다.

사랑하고 또 사랑하기. 사랑이야말로 가장 정확하고 빠른 길이다.

사랑도 결혼도 조건이 맞아야 하는 지금 이 시대가 만들어낸 사랑은 진짜 사랑이 아니다. 사랑은 이상과도 같다. 현실의 어떤 조건들을 요구하지 않는다. 지금은 사랑이 다 죽어버린 시대 같다. 사회에서 요구되는 것을 기반으로 한 사랑을 사랑이라고 할 수 있을까. 남녀 사이의 관계라고 해서 모두 사랑인 것은 아니다.

나는 사랑에 관해서는 나이건 뭐건 문제 될 것이 없다고 생각한다. 문제 삼을 것이 있다면 그건 사랑이 아니다. 사랑은 순수한 것이다. 그것만이 사랑이라는 정의를 완성한다. 나는 춤도 사랑도 여건이 될 때까지 하고 싶다. 춤과 사랑이 없다면 식물 같은 존재로 끝날 것 같다. 그러면 말 그대로 따분한, 지푸라기 인간으로 남는 것이다. 쓰러져 누워 있더라도 손끝에서 느껴지는 온기가 있

다면 충분히 사랑으로 채워질 수 있다. 춤에도 사랑에도 정년은 없다. 80, 내 인생은 여전히 꽃피고 있음을 나는 손끝으로 느낀다.

살아 있음의
온기

나는 항상 현재를 살고 있다. 미래를 위해 살지도 않고 과거에 연연하며 살지도 않는다. 순간순간을 중시하며 후회 없는 삶을 사는 중이라고 자부하지만, 그런 내게도 한 가지 후회는 있다. 성에 관한 감각이 가장 예민했던 시기에 그것을 누리지 못하고 죽여버렸다는 것이다. 물론, 욕구를 억제한 대신 다른 일에 에너지를 쏟을 수 있었던 것도 사실이다. 하지만 인생이란 뭐든 체험하기 위함이 아닌가.

손끝이 살짝 닿아도 온몸에 전율이 흐르는 예민한 피부의 감각은 평생 가는 것이 아니다. 그것은 우리에게 아주 잠깐 동안 주어지는 축복이다. 아직 눈이 열려 있지 않았고, 순간순간을 충실하게 누려야 한다는 것을 미처 깨치지 못한 때였기에 나는 여러 관념에 지배된 채로 청춘 시절을 그냥 지나가도록 놔두었다. 퍼뜩 그 사실을 안 것은 이미 청춘을 모두 흘려보낸 뒤였다.

　뉴욕이라는, 모든 것이 낯설고 생경한 곳에서 지내는 동안 내게도 남 못지않은 성에 대한 갈등이 이따금 찾아왔다. 알 수 없는 격정에 휩싸일 때면 나는 스튜디오에 나가 몸을 굴리고, 뛰어오르고, 달리며 그것을 떨쳐버리기 위해 격렬한 움직임으로 싸웠다. 그러나 피로감으로 몸이 곤죽이 된 뒤에도 여전히 사라지지 않는 갈증에 시달려야 했다. 금욕을 유지하면서 어떻게든 그것을 극복하고, 나 자신을 지키려 애썼지만 실은 다른 방식으로 성에 사로잡혀 있었던 것이다. 극복하고 있는 것이 아니라 집착하고 얽매여 있었음을 그때는 미처 알지 못했다.

　해결 방법을 찾고자 다른 여성들의 생각을 확인할 수 있는 강연이나 토론 모임 등을 찾기도 했다. 서구 여성의 성에 대한 태도는 어떠한지 궁금했고, 나 자신의 인식 수준도 점검해 보고 싶었던 것이다. 그 무렵 참가했던 한 테라피 세션이 기억에 남는다. 일종의 심리학적인 치료 모임이라고 할 수 있었는데, 한적한 시골에서 주말을 포함해 2박 3일 동안 진행되는 프로그램이었다. 나의 내면을 다시금 들여다보는 큰 기회가 될지 모른다는 생각에 나도 참가했다. 자유롭게 살겠다고 결심하기는 했지만 여전히 내적 갈등이 많았던 터라, 시원한 해결을 기대하고 있었다.

주로 논의된 것은 역시 섹스에 대한 문제였다. 유년기의 잠재적인 기억과 결부된 성의 억압, 그리고 그것으로 인한 병적인 증상이 화두가 되었다. 참가자 16명이 빙 둘러앉고 한 명씩 가운데로 나와 자신의 문제를 풀어놓는다. 그러면 치료사therapist인 리더가 질문을 하거나, 당사자로 하여금 심리적 억압의 원인이 될 만한 상황을 재현하게 하기도 한다. 그러는 동안 참가자는 스스로 직접적으로건 간접적으로건 마음속에 응어리진 것을 발견함으로써 그것을 해소하는 것이다.

20대 후반의 제인이라는 여자의 차례였다. 갸름하고 예쁘장한 얼굴, 날렵한 몸매에 입담도 좋아 처음부터 눈에 띄던 여자였다. 그러나 시원시원한 성격과 달리 성에 관해서는 심각한 문제를 겪고 있었다. 성관계를 맺는 중간에 꼭 어머니가 나타나, 무슨 추한 짓을 하고 있느냐고 꾸짖는 듯해서 깜짝 놀란다는 것이다. 현실이 아니라 착각일 뿐인데도 그러고 나면 몸이 싸늘하게 식어버리기 때문에 도저히 오르가슴을 느낄 수 없다고 했다. 착각이 일지 않더라도, 자발적으로 상상해 어머니를 불러내기까지 해서 이제는 성관계를 생각하는 것 자체가 두렵다고 했다.

원인은 어린 시절에 있었다. 그녀가 아주 어렸을 때, 그러니까 서너 살 때였다. 유아기 때의 무의식적인 행동으로 자꾸 성기에 손을 가져가는 그녀를 어머니는 심한 욕설과 함께 꾸짖었다고 한다.

"추하고 보기 싫다. 제발 그따위 짓 좀 하지 마!"

과거 이야기가 드러나자 리더는 상황을 어린 시절로 끌고 갔다. 리더가 요령 있게 유도하니 그녀는 정말 서너 살짜리 아이가 된 것처럼 움직였다. 다리를 벌리고, 손으로 성기를 마음대로 만져보기 시작했다. 문득 상상속에서 어머니가 나타났는지 그녀의 표정이 무겁게 일그러졌다.

"어머니가 당신을 어쩐진 못해요. 당신이 원하는 대로 해요."

리더의 격려와 응원에 따라 그녀는 멈추지 않고 움직였고, 반항하듯 대담하게 소리를 지르더니 마침내 절정에 이르러 몸을 떨었다. 폭풍과도 같은 순간이 모두 지나고 나서 그녀는 흐느끼기 시작했다. 리더가 말했다.

"이제 당신의 문제는 끝났습니다. 당신은 그 오랜 시간 멍들어 있던 문제로부터 해방되었습니다. 다시는 그런 일이 일어나지 않을 것입니다."

어느새 내 볼에도 눈물이 흐르고 있었다. 나에게도 그런 기억이 있는 게 아닐까? 워낙 단단하게 단속해 놓은 터라 표면에 떠오르지도 못하는 건 아닐까? 둘러보니 참가자 모두가 눈물을 흘리고 있었다. 우리는 돌아가며 그녀를 안아주고 쓰다듬어 주었다. 나는 그때 동정하는 마음으로 그녀에게 다가갔지만, 지금 생각해 보면 나 역시도 동정을 받아 마땅한 사람이었던 것 같다.

성적인 감정은 사랑과 마찬가지로 우리가 자연적으로 가지고 태어나는 것이다. 죽을 때까지 우리에게 절대적으로 필요한 감각이다. 성과 사랑은 하나가 되어야 한다. 그러나 그것이 분리되어 있음을 심심찮게 목격한다. 자연이라는 장치가 없는 도시에서는 성에 대한 고정관념이 더 굳건해지고, 개개인은 지속적으로 억압되고 압박받는다. 그것이 깨지는 일은 흔하지 않기 때문에 일탈은 병적인 것으로 치부되기 쉽다.

성에 대한 관념은, 무엇을 자연스럽다고 여기는지에 달려 있다고 생각한다. 기존의 억압과 관습에 대해 스스로가 반성적인 생각을 지니고 당당히 그것을 깨뜨릴 수 있는지가 관건이다. 예술가와 연예인이 모여드는 뉴욕에 지내던 시절, 주변의 많은 이들이 동성애자라는 사실을 알게 되었다. 나와 가깝게 지낸 남자들은 모두 게이였다. 그들에 대한 어떤 도덕적 판단도 하지 않은 채로 그 내면을 들여다보면, 어느 누구에게나 있는 가능성이 사소한 계기를 만나 발현된 것임을 알게 된다. 무엇보다 중요한 건, 오로지 그들 자신이 스스로를 얼마나 자연스러운 존재로 생각하는지에 달려 있다.

라즈니시는 사랑과 성의 관계에 대해 이렇게 정리했다. "사랑은 성性으로 이루어졌지만 성이 아니다. 그것은,

타지마할이 벽돌로 이루어졌지만 벽돌이 아닌 것과 마찬가지다."

섹스는 사랑이라는 커다란 집을 이루는 요소이며, 중요한 것은 사랑이다. 인간은 본능적으로 사랑을 표현할 때 행복을 느낀다. 그 대상이 신이든, 동물이든, 뒤뜰에 심어둔 꽃이든, 돌이든 말이다. 그 무엇에라도 우리는 사랑을 표현하고 싶어 한다. 사랑을 통해 우리는 살아 있음을 확인할 수 있기 때문이다.

지금 나에게 성과 사랑은 꼭 필요하다. 노인이라면 으레 그런 것에 무감각하리라고 여겨지는 것이 나는 바보 같다고 생각한다. 오히려, 노인에게 더욱 필요한 것이 성에 대한 감각 아닌가? 마음과 몸을 살아 있도록 해주니 말이다. 노인에 대한 잘못된 인식은 종국에 모든 인간을 외롭게 만든다. 왜 우리는 늙는 것을 무조건 두렵고 외로운 것이라고 생각하며 살아가는가. 나는 이제야 더 자유로운 나를 느끼고 있는데, 왜 다른 이들은 그저 지푸라기처럼 시든 채로 죽음에만 가까워지고 있는 것인지 안타깝다.

서로 손만 잡고 있어도, 머리를 쓰다듬는 것으로도 성

의 에너지와 사랑을 느낄 수 있다. 반드시 어떤 행위가 동반되어야 하는 것은 아니다. 나이가 들어감에 따라 그런 것들이 얼마나 내 삶을 자유롭고 풍요롭게 하는지, 살아 있게 하는지 느낀다. 어떠한 온기와 감촉도 느끼지 못한다면 그것이야말로 죽음이 아닐까.

기꺼이 표현하고
남김없이 비워내기

때로는 언어를 통하지 않는 표현이 언어보다 강하다. 더 정확하고 정직하게 뜻을 전달할 수 있다. 웃음과 울음이 그렇고, 얼굴 표정이 그러하며, 손짓과 발짓, 스킨십, 걸음걸이가 그러하다. 무엇을 감출 여유나, 거짓이 끼어들 틈이 별로 없기 때문이다. 표정 하나가 백 마디 말보다 더 많은 것을 전할 수 있다. 그런데 우리나라 사람들은 말보다 표정을 더 아끼는 것 같다.

많은 사람들이 자신을 표현할 줄 모른다. 따지고 보면, 우리는 어릴 때부터 한 번도 자신을 제대로 표현하는 법을 배우지 못했다. 줄곧 들어온 말이라고는 "사내아이가 울면 안 돼" "얘는 누굴 닮아서 이렇게 고집이 셀까" "여자애가 왜 이렇게 말이 많아" 등 감정을 감출 것을 요구하는 말이 대부분이었다. 이어 울음을 간신히 참을 만한 나이가 되면 "이거 해라, 저거 해라" 혹은 "하지 마라"는 말이 뒤를 잇는다. "너는 어떻게 생각하니?" 같은 말은 좀처럼 들을 수 없다. 어쩌다 그런 질문을 들을 때면 가슴이 철렁 내려앉기도 한다.

성인이 된 후 사회생활을 하면서도 자기표현은 비즈니스 능력의 하나로 평가받는다. 철저히 자신을 숨기고 사회가 원하는 이미지를 만든다. 감정을 솔직하게 표현하다가는 자칫 '철이 들지 않았다'는 말을 들을 수 있다. 화가 나도 미소로 답하고, 울고 싶어도 이를 악물고 참는다. 경쟁 사회에서 살아남기 위해서는 포커페이스를 유지하고 독해져야 하기 때문이다.

연인이나 부부 같은 사적인 관계에서도, 하고 싶은 이야기를 제대로 할 수 없기는 마찬가지다. 상대방이 오해하지는 않을지 우려하면서 이것저것 따지게 되고, 결국에는 '참자!'로 정리하는 경우가 대부분이다. 그러나 표현하지 않아 버릇하면 결국 자신이 정말로 원하는 것이 무엇인지를 점차 잊게 된다. 우리 사회는 우리에게 감정을 자연스레 표현하는 법을 알려주지 않았다. 어처구니없게도, 인간이 지니는 가장 자연적인 본성을 참거나 숨겨야 하는 대상으로 억압해 온 것이다. 그렇다면 숨기고 감추었던 그 많은 이야기와 울음과 웃음, 분노는 어디로 갈까. 침을 삼키듯 꾹 삼켜내면 그대로 사라지는 것일까.

오랫동안 척추가 아프다고 호소해 온 남성이 있었다. 척추에서 시작된 통증은 어깨까지 이어져, 어깨에 손을 대기만 해도 질겁할 정도였다. 그와의 대화를 통해 진짜 문제는 통증 너머에 있다는 것을 알게 되었다. 그는 직장과 가정에서 너무 큰 부담을 짊어지고 있었다. 혼자서 감당하기에는 몹시 힘들었지만, 누구에게도 힘들다고 말하지 못했다. 왜냐면 그는 '남자'이자 유능한 직장인이고, 한 가정을 책임지는 가장이었으므로 차마 짐을 나눠 갖자고 말할 수 없는 처지에 있었던 것이다. 결국 몸의 중심인 척추와 어깨가 그를 대신해 '더 이상 견딜 수 없는 상황'임을 표현하고 있었다.

감정을 제때 표현하지 못하면 우리의 내면은 분열한다

는 사실을 인정해야 한다. 화가 났는데 얼굴은 웃어야 한다면 몸과 마음은 균형감각을 상실하고 혼란에 빠진다. 사람들이 자신의 분노를 인정하지 못하는 이유는, 내면을 외면하려 '외부'의 것들을 찾기 때문이다. 텔레비전이든, 술이나 음식이든 현재의 자신을 인정하지 않고도 할 수 있는 것이면 무엇이든 된다. 그 결과 내면은 점점 분열되고 몸은 상처받는 것이다. 종국에 자제력을 잃은 사람들은 뒤늦게 폭력성을 보이기도 한다.

건강과 행복을 위해 가장 중요한 키워드는 바로 감정 분출이다. 감정 분출은 자기 치유의 과정이다. 울고 웃고 화내면서 몸은 서서히 정화된다. 실컷 토해낸 뒤에 개운한 기분이 드는 것도 그 까닭이다. 아이들은 아프거나 속상하면 울어버린다. 여기에 체면 따위는 필요 없다. 울고 있는 아이에게 '뚝!' 하고 야단치면서부터 길은 어긋나기 시작한다. 그때부터 표현되지 못하기 시작한 감정들은 오랫동안 몸 안에서 마치 종양처럼 이리저리 퍼지다 점점 곪아간다. 감정 표현을 억제하는 데 능숙하고, 자기 관리를 잘한다며 사회에서 높은 평가를 받는 사람의 내면은 실은 우리가 예상하는 것보다 더 분열되어 있고 몸도 많이 망가져 있을 것이다.

억제하는 것이 아니라 적절히 표현함으로써 삶을 조절할 수 있음을 알아야 한다. 문득, 자신이 왜 그 순간에 눈물이 나고 화가 났는지 의아해질 때면 스스로 돌아보며 분석하고 차분히 들여다볼 필요가 있다. 감정은 정직하므로, 그것을 탐구하면 자신에 대해 알 수 있다. 만약 누군가를 만나는 게 힘이 들고 기운이 빠진다면, 돌아보라. 겉보기에는 안정적일지라도 지금 그 관계에는 문제가 있다는 신호일 테니 말이다.

감정을 인정하고 이해한 다음엔 자기를 보다 솔직하게 드러낼 수 있는 능력이 생긴다. 이런 일련의 과정은 마치 내게 꼭 맞는 스웨터를 뜨는 일과 같다. 몸에 맞는 자신만의 옷을 입고 있으니, 나를 표현하는 데에 자신감이 생기는 것은 당연한 일이 아닌가. 자유로운 사람이 되기 위해서는 자신의 모든 것을 웃음으로, 울음으로, 표정으로, 그리고 말과 글로 모두 쏟아내야 한다. 가슴에 빈 공간만 남기는 것이다. 그러고 나서 그 빈 가슴으로 서로를 꼭 껴안는 것이다.

허그 포
헬스

 멀고 길었던 인도의 고행길에서 내가 배운 것 중 가장
큰 것은 모든 존재를 향한 자비심이었다. 인도에서 돌아
온 뒤로 때때로 이 지구의 모든 인간을 한꺼번에 안아주
고 싶은 충동을 느끼기도 했다. 물론, 나 자신을 자비롭
게 여기는 마음도 커졌다. 내가 나를 안아주고 싶고, 또
누가 나를 조용히 안아주면 좋겠다는 기대감이 생겨났
다. 나는 지금도 여전히 사람을 만나면 다짜고짜 껴안
고 싶어진다. 내가 포옹을 좋아하게 된 것은 그저 자연
스러운 감정의 결과라고밖에 말할 수 없을 것 같다. 좋
은 사람을 만났는데 매너를 지킨다는 이유로 거리를 유

지하고 웃음만 짓다가 헤어지는 것이 내게는 더 이상하게 느껴진다.

한때는 '나 스스로 포옹하자'라는 슬로건을 갖기도 했다. 죽산에 살 때였다. 그곳에서 누구를 만나거나 헤어질 때 나는 항상 포옹을 했다. 그야말로 죽산 1세대 프리 허거가 바로 나였다. 그때는 거리낌 없는 포옹이 사회에서 터부시되던 시대였는데, 그래서 더 그것을 깨고 싶었다.

죽산 시골 마을에 처음 찾아갔을 땐 낯선 마음도 있었지만 기쁜 마음이 더욱 컸다. 그래서 사람들에게 먼저 다가가기 시작했다. 먼저 인사하고 이야기를 나눈 다음 포옹을 하는 식이었다. 벽이 느껴지지 않은 것은 아니었다. 이상한 별나라 사람 바라보듯 나를 보는 눈빛들도 더러 있었다. 그러나 벽은 어느 날 예고 없이 무너지기도 하는 법이다. 인간의 감정이나 규칙은 순간적으로 깨어질 수 있으니. 늘 마음속으로 주문을 외워봐도 우연한 사건을 통해 내가 쌓아온 규칙이 완전히 뒤바뀌는 순간들이 있지 않은가. 처음에는 모두가 포옹을 망설였지만, 어느 순간 돌아보니 서로의 벽을 깨고 난 뒤였다. 물론 그중에는 좀처럼 벽이 깨지지 않거나 늦게 깨지는 경우도 있었다. 나는 그들이 얼마나 오랫동안 긴장된 삶을 살았는지 느낄 수 있었다.

우리는 교육받아 온 무언가를 떠나 언제든 변화할 수 있는 상태를 만들어야 한다. 언제든지 새로운 것을 받아들일 수 있는 상태. 받아들이고 비우기. 비우고 받아들이기. 순서는 선택에 달려 있다. 모든 길은 로마로 통한다는 말처럼, 어떤 방식이든 괜찮으니 자신만의 길을 선택하면 된다.

그 밖에도 죽산에서 새롭게 시작한 일들이 많았는데, 처음으로 누드 캠프를 열기도 했다. 나에게는 그 모든 일들이 다 자연스러움으로부터 시작됐다. 그저 옷을 벗는 것이 옷을 입는 것보다 자연스러워서 옷을 입지 않았다. 캠프의 규칙은 없었다. 벗고 싶은 사람만 벗고, 입고 싶은 사람은 입었다. 참가자들은 대부분 내가 낸 책『자유를 위한 변명』을 보고 찾아온 이들이었다. 누드 캠프를 열기에 앞서, 나는 이렇게 말했던 것 같다. 벌거벗은 채로 태어나고, 죽을 때도 벌거벗으니 이상할 것이 없다고 말이다. 물론 옷이 필요한 때도 당연히 있지만.

보름달 파티도 자주 열었다. 말 그대로, 달빛을 보면서 대화하고 춤을 추는 것이었다. 자연에 경배하는 마음으로 달마다 한 번씩 진행한 그 파티에는 죽산 주민들이 자주 참여했다. 그 자연스러운 분위기에, 시간이 지날수록 사람들은 하나둘 벽을 깨부수기 시작했다. 처음에는 춤추기를 어색해하고 부끄러워하던 사람이 나서서 무대를 장악하기도 했다. 맨발로 막걸리를 마시면서 춤을 추는 그들이 그 어느 때보다 아름다워 보였다.

지금 다시 그런 파티를 여는 건 아마 어려울 것이다. 사회가 오히려 이전보다 더 보수적으로 변하면서, 자연스러움은 점점 희미해지고 인위적으로 가꾸어지는 느낌이다. 공연을 할 때에도 마찬가지다. 무대에서 관객을 바라보면 억지로 감동을 참으려고 하는 듯한 분위기가 자주 느껴진다. 자신이 만든 철창 속에 갇혀 사는 느낌. 모두가 그 철창에서 나오기를 소망해 본다.

오래전, 뉴욕 근교에서 열흘 동안 '몸과 정신의 신경요법' 워크숍에 참여했던 이야기를 덧붙이고 싶다. 신경을 어떻게 쓰느냐에 따라 몸에 어떤 변화가 나타나고, 또 몸의 자세를 어떻게 갖느냐에 따라 신경에 어떤 영향을 미치는지 원리를 이해하고 교정하는 연구 모임이었다. 나는 이 분야의 전문가는 아니었지만 항상 관심을 갖고 있는 주제였으므로 참석했다.

참석자 중 몇 사람은 '허그 포 헬스Hug for Health'라는 문구가 가슴에 적힌 티셔츠를 입고 있었다. 포옹을 많이 하라고 격려하는, 일종의 포옹 찬양주의자들이었다. 그만큼 포옹이 건강에 좋다는 거였다. 그 워크숍의 지도자는 인간이 적어도 하루에 포옹을 열네 번 해야 한다고 주장했다. 열네 번이 어떤 근거에서 나온 숫자인지는 모르겠으나, 요는 역시 포옹을 자주 하는 게 좋다는 것이었다.

양팔을 벌려 사람을 안을 때, 우뇌와 좌뇌가 균형을 찾아 조화를 이룬다. 그리고 그 순간 흐르는 에너지에는 무언가를 치료할 수 있는 힘이 있다. 인간은 좌뇌나 우뇌 중 한쪽만을 집중적으로 쓰는 경향이 있다. 과학자나 학자들, 즉 논리적인 일을 하는 사람은 좌뇌를, 예술적이거나 감성이 풍부한 사람은 우뇌를 활발하게 사용한다고 한다. 그러니 좌우 양쪽의 뇌를 균형 있게 쓴다는 것은 여러 가지로 의미 있는 일이다. 게다가 포옹은 가슴까지 동원해야 하니 당연히 머리에도 좋고, 몸에도 좋을

157

수밖에 없다.

응어리를 씻어낸 깨끗한 가슴으로 서로를 꼭 껴안아
주자. 무엇보다 몸에 좋다고 하지 않는가?

지금을 살고
지금에 대해서 생각하기

앞으로 한국에서 내가 하고 싶은 일이 하나 있다면, 개방된 공간에서 많은 사람들과 함께 어우러져 춤 내지는 움직임에 가까운 무언가를 자연스럽게, 자유롭게 향유하는 것이다. 자연 속에서라면 몸은 무거운 공기로부터 더욱 해방된다. 미국 동부에 위치한 아름다운 섬 마서스 비니어드Martha's Vineyard에서는 밤이 되면 파도 소리가 유난해진다. 그런 밤에 해변으로 나와 모래밭을 거닐 때, 또는 눕거나 앉아서 귀를 기울일 때면 마치 파도가 잠깐 일었다 사라지는 것처럼, 아무것도 아닌 내 존재에 대해 생각했다.

그곳에서는 '야드Yard 여름 무용제'가 열린다. 매년 여름마다 무용가들이 모여 함께 먹고 자며 연습해서 작품을 만드는 행사인데, 나도 몇 차례 안무가로 초청을 받았다. 그곳에서는 일정한 시간만 되면 하던 일을 멈추고 춤을 추도록 되어 있었다. 그러나 나는 그 시간뿐 아니라 24시간 내내 모든 행동에 춤을 싣고 살았다. 무엇이든 훌훌 벗어놓게 하는, 그곳의 자연 환경 덕분이었다. 거기서 만난 다이애나라는 한 무용가는 내게 이런 말을 건넸다.

"내가 만일 부자였다면 당신을 통째로 사버렸을 거야. 그리고 우리 집에서 하루 종일 당신이 춤추는 모습을 보며 살았을 거야."

그녀가 가난했기에 다행이었다. 언젠가 어떤 이는 나를 인형처럼 조그맣게 만들어 주머니에 넣고 다니다가 생각날 때마다 꺼내 보고 싶다고도 했다.

대자연 앞에서 나는 늘 모든 것을 벗어놓는다. 언제고 자리에서 일어나 파도 소리를 향해 나아갈 수 있다. 눈앞에 펼쳐진 순간을 놓치고 싶지 않기 때문이다. 자연의 한가운데에서는 탄생과 죽음이 한눈에 보인다. 생명이 끓어넘치고, 그 곁엔 죽음이 있다. 새로이 일어나는 화산과 한쪽에서 검게 굳는 용암처럼 말이다.

해변 끝에서 하늘을 떠받치고 있는 수십 미터 높이의 수증기 기둥을 본 적이 있다. 땅끝이 토해놓는 뜨거운 용암과 차디찬 바닷물이 만나면 거대한 수증기 기둥이 생겨난다. 조금만 가까이 다가가도 쉭쉭거리는 대지의 흥분과 안개처럼 흩어지는 바다의 거친 호흡을 느낄 수 있다. 보름달이 솟는 밤, 다시 그런 곳에 가서 밤을 보내고 싶다. 모래를 밟으며 춤추고 노래하고 싶다. 어떤 무대보다도 내가 가장 사랑하는 자연이라는 무대 위에서 말이다.

나는 늘 '지금'이 좋다. 나는 '지금'을 살고 '지금'을 사랑하고 '지금'에 대해서 생각한다. 무지개를 보면 춤추며 노래하고 싶고, 소망을 꿈꾸고, 키스하고 싶다. 젊었을 때보다, 지금을 충분히 누리며 살고 있는 현재의 내가 훨씬 더 자유롭다고 느낀다. 순간순간에 최선을 다하면서, 나의 자유를 방해하는 습관적 행동은 멀리한다. 이미 일어난 일에 대해 계속해서 생각하기보다는 그저 받아들이려 한다. 어차피 모든 것은 내 관점에서 만들어진 것이기 때문에, 내 힘으로 비워내려는 것이다.

　나이 듦의 좋은 점은 이처럼 새로운 눈을 갖게 된다는 것이다. 최근 몇 년 전까지만 해도 나는 지금과 전혀 달랐다. 관계의 끝맺음 앞에서는 서운함이나 아쉬움을 느끼기도 했다. 그러나 이제는 원망도 미련도 없다. 그저 그런 기분들을 바둑을 두듯 늘어놓을 뿐이다. '왜'라는 이유도 붙이지 않은 채로 그 감정을 거기에 그대로 두고 나는 오늘을 위해 떠난다. 자꾸만 '왜'로 돌아가는 것은 내가 미성숙한 상태이기 때문이다. '왜'는 끝이 없다. 끝없는 질문을 하다 보면 과거에 갇히게 되고, 결국은 자유롭지 못한 상태를 만든다. 과거로 간다는 것은 퇴보하는 것이나 마찬가지다. 더 이상 생각의 끈을 늘이지 않고 끊어내야 한다. 어제보다 오늘이 더 중요한 법이니 자꾸 과거의 끈만을 붙잡고 있어서는 안 된다. 현재로 돌아오는 연습을 해야 한다. 소중한 시간을 놓치고 있지는 않은지 지속적으로 생각하는 연습을, 과거를 파고들지 않는 연습을, 불필요한 생각과 감정을 비우고 정화하는 연습을 말이다. 만 리 길도 첫걸음부터다. 순간순간에 최선을 다하면서 자유를 찾아보자.

지난 시간을 돌이켜 보면, 나의 충만한 평안감은 60대에 접어들고 나서 찾아왔다. 30대는 에너지가 넘쳐나면서도 가장 치열하게 고통스러웠던 때였다. 30대에서 50대가 되는 동안엔 스스로 충분히 성숙해졌다고 생각했는데, 80대가 되어서 다시 생각해 보니 착각이었던 것 같다. 70대 때 내가 다시 결혼과 사랑을 하게 될 줄은 몰랐다. 인생에서는 어떤 일이든 새로 벌어질 수 있으니 늘 가능성의 문을 열어놓아야 한다.

나의 일대기를 몇 번 나열하다 보면 마치 여러 인생을 한꺼번에 살아온 것 같은 기분이 들기도 한다. 하지만 나는 지금 여기 한 몸으로 앉아 있다. 몸이란 무엇인가. 여러 일들을 겪고 받아내고 싸워온 몸. 일생 동안 딱 하나인 몸. 몸은 늘 내 삶의 화두가 된다. 아침에 일어나 몸을 매만질 때마다, 필요 이상의 욕망으로 스스로 타락시키고 있지 않은지 살필 수 있다. 몸은 어디까지가 나에게 필요한 최소한의 욕망인지 척도가 되어준다. 이 신체를 건강하게, 정결하게, 신성하게 보전하는 데 꼭 필요한 정도가 아니면 모두 지나치고 세속적인 욕망이다.

몸은 양면성을 지닌다. 몸은 어느 때는 거추장스럽고,

멀리 날아가고 싶은 나를 꽉 붙잡는 구속처럼 느껴진다. 또 어느 때는 이보다 더 소중한 것은 없을 것처럼 내가 가진 진정한 재산으로 생각되기도 한다. 또한 몸은 물질이다. 물질이기에, 보전되기 위해선 다른 물질들을 필요로 한다. 이로 인해 모든 세속적인 욕망이 생겨난다. 그래서 욕망에 사로잡혀 자유로워지기 어렵다고 느낄 때, 몸을 어서 벗어던져 버려야 할 대상으로 여길 수도 있다. 그러나 몸은 소중한 것이다. 몸은 우리에게 인생이라는 체험을 하게 만들어주었다. 몸이 생긴다. 그것은 탄생이다. 몸이 없어진다. 그것은 죽음이다. 탄생에서 죽음에 이르는 모든 시간을 아우르는 인생은, 하나의 체험이지 어떤 최종적인 성과나 결과만을 내기 위해 존재하는 것이 아니다.

한두 군데 불편한 부분이 있긴 하지만, 나는 83세의 몸을 가진 것치고는 꽤 건강한 편이라고 생각한다. 대부분의 사람들이 노화를 육체적이고 정신적인 쇠락이라고 여길지 모르겠지만, 내 생각은 다르다. 나이가 든다는 것은, 늙는다는 것은 계속해서 성숙해지는 과정이다. 내가 육체적으로나 정신적으로 어디까지 왔는지 좌표를 펼쳐 상상해 본다. 그러면 작년의 나보다 올해의 내가 더 성숙한 사람이 되었음을 발견하게 된다. 그리고 내년에는 더 성숙해질 수 있다고 기대해 보기도 한다. 늙음은 어떤 한 구간에 멈춰선 채 그저 기다리는 것이 아니다. 나는 노화라는 단어를 성숙이라는 단어로 바꾸어 말하고 싶다. 끝도 없이 늙는 게 아니라 끝도 없이 성숙해지는 것이다. 성숙이라는 과정 속에 삶이 있고, 죽음으로 그 삶이 완성되는 것이다. 그러니 이 몸은 마치 법당과도 같다. 나는 멍하게 앉아 있을 때가 많은데, 남들은 더러 오해하여 나에게 무슨 생각을 그리 골똘히 하느냐고 묻곤 한다. 나는 아무 생각도 하지 않는다. 그냥 앉은 채로 몸의 에너지가 흐르고 진동하는 것을 느끼고 있을 뿐이다. 그 감각과 은밀히 만나고 있을 뿐이다. 아무도, 그 어느 것도 끼어들 수 없다. 시간은 흐르지만 나는 시간을 잊는다. 몸에 커다란 감사를 느끼며 그냥 앉아 있다. 아침이면 눈을 뜬 것에 감사하며, 또 하루의 경배를 시작한다.

자연의 한가운데에서는 탄생과 죽음이 한눈에 보인다.

생명이 끓어넘치고, 그 곁엔 죽음이 있다.

새로이 일어나는 화산과

한쪽에서 검게 굳는 용암처럼 말이다.

천천히 씹고,
숨 쉬는 연습

지금 머물고 있는 제주도 시골 마을에서는 도시와 다르게 문을 열자마자 햇빛이 쏟아져 들어온다. 사방을 둘러싼 콘크리트 벽도 없고, 사람도 없고, 그저 나무와 초록의 풀 사이에서 생겨나는 자연스러우면서도 고요한 소리들뿐이다. 내가 아침에 일어나 가장 먼저 향하는 곳은 1층에 딸린 작은 테라스다. 햇볕을 잔뜩 머금은 나무 테라스에 누워 아침을 감상한다. 테라스에서 눈을 조금만 돌리면 내가 심어놓은 오이나 고추, 상추들이 오종종 모여 있는 텃밭도 눈에 들어온다. 초록이 나를 감싸고 있다. 매일 보는 자연에 나는 매일 다른 경배를 표한다.

제아무리 추운 날이어도 햇빛에서는 따듯한 기운이 느껴진다는 것을 나는 알고 있다. 밖으로 나갈 수 없는 날에는 옷을 입지 않고 집 안에서 햇빛을 느끼기도 한다. 83세 노인이 집 안에서 옷을 벗고 걸어다닌다는 것을 사람들은 어떻게 생각할까? 대개는 화들짝 놀랄 것임을 나는 알고 있다. 젊었을 때였다면 그저 남들과는 다르다고 여겨졌겠지만, 지금은 아마 내가 노인이라는 사실 때문에 더 그럴 것이라고 나는 생각한다. 하지만 놀랄 것 없다. 그만큼 충분하게 자연스럽고 자유로운 것이 지금 내 삶에 필요한 태도니까. 나에게는 벗은 몸이 가장 자연스러운 상태다.

그렇게 아침마다 영락없이 내리쬐는 햇빛을 받고 있다 보면, 눈을 떴다는 것에 다시금 감사하게 된다. 그 감사란 죽지 않았음에 대한 감사가 아니라, 그저 새로 시작된 오늘에 대한 감사일 뿐이다. 나는 언제나 죽음과 어깨동무하며 친해지는 중이다. 아마 전보다는 훨씬 더 평온한 마음가짐으로 죽음에게 한쪽 어깨를 내어주고 있는지도 모른다. 나는 죽음을, 죽음은 나를 매일 지켜본다.

나무 테라스에 누워 한참 동안 햇빛을 받고 있으면 내

몸에서 아프거나 불편한 부분이 곧바로 느껴진다. 그때
마다 나는 눈을 감고 손을 펼쳐 온몸을 더듬어본다. 건재
하게 잘 있는가, 내 몸은. 실내라면 벗은 몸을 만져보고,
만질 수 없는 부분들은 눈을 감고 상상하며 머릿속으로
그려내기도 한다. 엉덩이를 손가락으로 소리 나게 몇 번
토닥이기도 하고, 나의 살과 머리카락, 불툭 튀어나온 뼈
들과 그 뼈들 속에 감추어진 장기들까지 마주하고 난 뒤
에야 아침이 제대로 시작된다. 몸에 대한 감사와 제대로
된 자각 없이 하루를 시작하는 것은 가장 중요한 일을 빼
먹는 것과 다름없다. 몸 없이 어떤 일도 가능하지 않듯
이, 하루를 시작하기 위해서는 먼저 몸과의 대화를 시도
해야 한다. 몸에는 정보들이 숨어 있다. 어디가 안 좋은
지, 어디가 더 불편해지고 있는지, 어디를 좀 더 신경 써
야 하는지. 몸은 거짓말을 하지 않으니까 말이다. 몸은
내가 소홀하고 부족했다는 것을 곧바로 드러낸다. 아프
고 약한 부분은 매만질수록 아프고, 그렇지 않은 부분은
편안하다. 만져보지 않으면 절대 알 수 없다. 인간은 태
어나서 주어진 몸으로 평생을 살아가고 그 몸으로 죽는
다. 자기 자신의 몸을 항상 점검하고 소중하게 대해야 하

는 것은 기본이자 근본이다. 자, 지금 손을 펼쳐서 한번 당신의 몸을 구석구석 눌러보고 만져보라. 그럼 몸이 바로 대답을 해줄 것이다.

  시간이 지날수록 아픈 곳이 늘어날 때마다 마음속에 경종이 울리는 듯한 기분이 든다. 무엇을 소홀히 하면서 살았는가. 무엇을 더 노력하며 살아야 하는가. 20대와 80대는 다르다. 그때는 몸에 특별히 감사한 마음이 없었다. 다른 무엇에도 크게 감사해하지 않았다. 하지만 한번 몸이 망가지고 나면 절실하게 깨닫는 것이 있다. 최근에는 허리 협착증을 얻었다. 예전만큼 잘 걷지 못하니, 성큼성큼 걷는 이들에게 부러운 시선을 보내기도 한다. 하지만 금세 반성하게 된다. 잘못은 몸에 소홀했던 내게 있으니까. 이런저런 생각을 정리하며 눈을 감고 명상을 시작한다. 아픈 데를 매만지며, 호흡에 집중하면서. 그러다 보면 어느새 불안정했던 호흡이 다시 정상으로 돌아온다. 잠이 완전히 깨어 오늘을 시작해도 무방할 정도의 평온한 호흡을 갖추고 나서 나는 눈을 뜬다.
  우리는 때때로 인생이 마치 실체 없는 아지랑이나 환

영처럼 분명하게 만져지지 않는다는 점에 기이함을 느끼며 살아간다. 하지만 몸만큼은 매만지고 어르고 달래며 손길을 보탤 수 있다. 나는 몸이 하는 이야기를 손으로, 눈으로 듣는다. 그리고 몸의 말을 겸허하게 받아들고는 곧바로 반성한다. 동시에 감사하고 경배하는 마음도 갖게 된다. 오늘도 눈을 떴구나. 지금 여기에서 숨 쉬고 있구나. 몸을 만지듯이 마음의 그림자도 만져서 확인할 수 있다면 좋겠지만, 먼저 몸을 챙겨야 그다음이 가능해진다. 몸이 자유로워지면 마음속 평화를 찾을 수 있다.

생명과 평화는 같은 선로 위에서 같은 곳을 향해 있다. 다시 말해, 우리가 궁극적으로 추구해야 할 것은 생명에 대한 명상적이고 평화로운 자세다. 내가 몸을 아끼는 방식으로 가장 처음 택한 것은 명상이었다. 명상은 비움이다. 머릿속을 먼저 깨끗하게 비워내야 비로소 자유로워질 수 있다. 정신이 그토록 맑아지면 몸도 건강해진다. 쓰레기처럼 쓸데없는 여러 관념들이 머리를 가득 채우고 있으면 괴로움에 잠식되는 나머지 건강과도 멀어질 수밖에 없다.

나는 명상을 모든 곳에 적용하고 싶었다. 예컨대 가부

좌를 틀어야만 명상이고, 밥 먹는 건 명상이 될 수 없다는 생각은 착각이다. 나는 생활 속 모든 일상이 일종의 명상이라고 생각한다. 춤은 내게 그중 가장 빨리 명상의 세계로 가는 길이었고, 식사 역시 가장 필요하고 중요한 명상 중 하나였다.

생각해 보면 사는 것은 간단하다. 먹으면 살고 먹지 않으면 죽는다. 그러니 식사는 마치 호흡과도 같다. 숨 쉬는 것 다음으로 제일 중요한 것이 식사라는 사실을 인지하지 못하는 이들이 주변에 많았다. 지인 중에는 처음에 소화불량을 겪다가 위암으로까지 발전되는 경우가 더러 있었다. 나는 그것이 식사의 조화가 깨졌기 때문이라고 생각했다. 내가 먹는 음식이 나를 이룬다. 그러니 건강하고 즐겁게 살아가기 위해서는 무엇을 해야 하겠는가. 아주 간단한 것들을 지키면 된다. 먹는 음식에 따라서 내 안에 있는 것들이 달라진다.

물론 어쩔 수 없이 매번 끼니를 서둘러 때워야 하는 이들도 있다. 바쁜 업무를 처리하느라 정해진 점심시간에 쫓겨 식사를 끝마쳐야 한다거나, 특히 육아를 하면서 밥을 먹으려면 전쟁을 치르는 것처럼 해치워 버리는 수밖에 없다. 대부분의 사람들이 너무 빨리 먹느라 식재료의 무궁무진한 맛을 충분히 즐기지 못한다. 제대로 숨도 쉬지 않고 허겁지겁 음식물을 밀어 넣는 경우가 많다. 길어봐야 20분 안에 식사가 끝난다. 혹은 그보다 더 빨리. 게다가 요즘 음식은 대체로 패스트푸드 성격을 띠고 있는 것이 많다. 빨리 나와야 하고, 먹는 것도 빨라야 한다면 숨을 매번 허겁지겁 몰아쉬는 것과 다름없지 않을까. 그러다 보면 몸의 호흡과 균형이 깨지고 뒤이어 그 결과가 몸으로 나타날 수밖에 없다. 식사는 건강하게 사는 것과 직접적으로 연관되므로 사정이 있더라도 지나치게 도외시해서는 안 된다. 안쓰러운 그들에게 이런 말을 전하고 싶다.

"일생에 오늘은 단 하루뿐인데, 오늘만이라도 천천히 잘 먹도록 해볼까요?"

나는 남들에 비해 먹는 속도가 느린 편이다. 함께한 다른 사람들은 식사를 끝마쳤는데 나 혼자 이어가는 자리가 달갑지 않고 불편해지는 경우가 많았다. 그러다 보니 외부 약속은 되도록 피하고 주로 혼자 밥을 먹는 일이 많아졌다. 시간을 충분하게 갖고, 호흡하며 내 속도에 맞추어 천천히 음식을 먹고 명상을 했다. 머릿속을 깨끗이 비우고 식사하기. 그사이에 생겨나는 모든 잡음과 잡생각은 제쳐둔다. 오로지 밥을 먹는 행위와, 호흡만이 식사 시간을 차지한다.

식사와 명상은 생활화되어야 한다. 그 둘의 조합을 어떻게 받아들여야 할지 난감할 수도 있을 것이다. 간단하다. 그저 머리를 비운 채로 정갈한 음식들을 천천히 먹으면 된다. 의외로 누군가에게는 어려운 일처럼 느껴질지도 모르겠다. 그렇다면 더 간단하게, 이렇게 말해보겠다.

"건강하게 살고 싶으면 건강하게 식사를 해야 합니다. 건강한 몸이 되고 싶다면 건강한 음식을 먹어야 하고요."

식사 시간은 사람이 즐길 수 있는 가장 값진 것 중 하나다. 먹을 수 있음에 감사해야 한다. 나는 되도록 많은 이들에게 식사 명상을 알리고 싶었다. 식사 명상은 식사 중에 하는 일종의 운동이다. 천천히 먹는 동안 머릿속을 투명하게 비우고 씹고 호흡하고 맛을 느끼는 데만 집중하는 것이다. 식사 명상을 위해서는 좋지 않은 음식을 끊어야 한다. 그런 면에서, 한국에서 소비되는 축산물의 사육 방식도 고려해 보아야 할 문제다.

2021년 말부터 식사 명상 프로그램을 운영하기 시작했다. 소화가 잘되는 나물 위주의 정갈한 한식을 차려놓고, 모두 함께 명상하며 식사를 하는 것이다. 혹여라도 식사 중에 다른 생각이 따라오지 않게 오직 여기, 이곳에 집중하면서. 원탁에 둘러앉은 모두가 자신의 식사에 집중하는 모습이 아름다웠다. 오로지 침묵만이 있는 그 상태가 우리에게는 필요했다.

식사 명상을 처음 해본 이들은 대부분 이런 말을 했다.

"식사는 사실 하루에 세 번이나 하는 중요한 일인데. 이제까지 40년 넘게 살면서 완전히 엉터리로 해왔다는 생각이 들어요."

참가자들로부터 식사 명상이 인생의 터닝 포인트였다는 말을 많이 들었다. 바삐 살아가는 이들에게 간단하고도 중요한 일을 이처럼 알려줄 수 있어서 기뻤다. 나는 참가자들의 얼굴을 빙 둘러보았다. 모두 낯빛이 좋고 편안해 보였다. 명상 프로그램이 끝나도, 명상 생활을 이어가면 좋겠다고 말하고 싶었다. 진행되는 동안에는 잘 따라 하다가도 프로그램이 끝나고 나면 다 잊고 일상으로 돌아가 버릴 수도 있을 테니. 어떻게 식사를 할 것인지는 본인이 스스로 생각하고 실행해야 한다. 간단한 노하우나 즉흥적인 해답만을 원하는 이들도 몇몇 있었는데, 이는 옳지 않은 방식이다. 직접 경험해 보아야만 체득할 수 있는 원리가 있다. 명상은 스스로 이끌어나가야 한다.

나는 매 끼니마다 식사와 명상을 병행한다. 젊은 시절엔 나 역시 일에 쫓겨 빠르게 먹고 삼켜버리던 때가 있었다. 그때 그 시절의 어쩔 수 없음에 대해 지금도 종종 떠올려보곤 한다. 한 끼 식사를 두 시간 넘게 이어갈 때도 있다. 머리를 비우고, 씹고, 식사 도중에 식탁 주변을 천천히 걷기도 한다. 이것은 내가 선택한 자유로운 방식이다. 어떤 방식이 되었든, 본인에게 맞는 식사 명상의 종류를 찾으면 된다.

큼직한 옷과
헐렁한 신발이 주는 편안함

내가 가진 물건들은 대부분 낡은 것들이다. 세간이라야 많지도 않은 데다 옷부터 시작하여 신발, 그릇, 침구까지 대부분 중고로 구한 것들이 많다. 그러면 돈도 적게 들뿐더러 쓰기에 부담 없는 물건들이어서 마음이 편해진다.

나는 항상 낡고 허름한 옷들을 헐렁하게 입고 다닌다. 그게 편하고 자유롭기 때문이다. 새 옷은 거의 사본 적이 없다. 어렸을 때부터 그랬다. 형제들이 많았고, 나는 밑에서 두 번째로 자라서인지 남이 입던 옷이나 헌 옷, 낡은 옷에 아무런 거부감이 없다. 다림질이나 세탁에 크게 신경 쓰지 않아도 되는 그저 큼직한 옷이라면 그 이상 더 좋을 수가 없다.

너무 편한 옷은 누덕누덕해질 때까지 기워서 입기도 한다. 10년 넘게 입고 있는 바지 하나는 원래 어머니의 고쟁이였는데 나한테 온 뒤로는 외출복으로 변신했다. 풍덩한 몸뻬처럼 생겼지만 밑감이 고와서 겉옷으로 입어도 아무 지장이 없었다. 그것을 입고 뉴욕이건 서울이건 대도시 중심가를 활보하며 다녔지만 그게 원래 고쟁이였다는 것을 눈치 채는 사람은 아무도 없었다. 파티 같은데 참석하면 서양인들은 하나같이 입을 모았다.

"뷰티풀!"

물론 옷을 사는 때도 없지는 않다. 시상식 같은 공식적인 행사 때는 나도 새 옷을 장만하기도 한다. 1990년 무용가로서는 최초로 중앙문화대상을 수상하게 되었을 때, 평소처럼 허름한 꼴을 하고 시상식장에 가려 했다가 주위 사람들로부터 핀잔을 들었다. 문화부 장관부터 언론사, 쟁쟁한 문화계 인사들이 다 모이는 행사인데 그러고 갔다간 자칫하면 그들 모두를 모욕하는 일이 될 수 있다는 것이었다. 그럴 수 있겠다 싶어 시상식을 한두 시간 앞두고 부랴부랴 시청 앞에 있는 지하상가로 달려가 정장을 한 벌 사 입고 식장으로 향했다. 새 옷인 데다 정장이라 역시 끼고 불편해서 행동거지도 이상해졌다. 시상식을 겨우 치르고는 곧장 화장실로 가서 원래 입던 옷으로 갈아입었다. 내가 그 정도로 헌 옷에 길들여져 있었던 모양이다.

새 옷을 입지 않겠다고 고집하려는 게 아니라, 다만 옷은 편한 게 좋다고 생각할 뿐이다. 새 옷, 헌 옷을 떠나 큼직한 옷. 그런 옷 속에서는 살갗의 숨구멍들이 마음 놓고 편히 숨 쉴 수 있고 바람과 공기의 온도까지도 직접 느낄 수 있다.

신발도 마찬가지다. 한 신발은 20년이 넘도록 신었다. 원래 무용하던 어떤 동료가 신던 것인데, 나막신 발 부분을 잘라낸 것 같은 모양에 뚝배기처럼 우직하고 실팍한 게 고향의 느낌을 주었다. 한번 신어보았더니 안이 널찍해서 발이 잘 놀았다. 결국 그 친구에게서 신발을 사서는 거의 그것만 신고 다니다시피 했다. 튼튼하고 실용적인데다가 무엇보다 편했기 때문이다. 인도에 가 있을 동안에는 대체로 맨발로 다녔지만, 맨발이 아닐 때는 어김없이 이 신발을 신고 있었다. 본래 내 사이즈보다 한 치수쯤 크다 보니 급하게 뛰다 보면 벗겨져 나가 쫓아가서 주워 신어야 하는 불편도 가끔 있었다. 하지만 발을 자유롭게 놀릴 수 있다는 편안함이 더 컸다. 앉아 있거나 걸을 때, 또는 차를 기다릴 때 충분한 발 운동을 할 수 있었다. 발을 넓혀보고 늘려보고 하는 온갖 운동을 신발 속에서 다 하는 것이다. 몇 번을 고쳐서 신다가 더 이상 신을 수 없는 상태가 되었을 때에야 그 신발은 내 발에서 벗어났다. 발가락 사이에 공기가 돌면 움직임이 시원하고 즐거워진다. 발의 율동이 얼마나 중요한지를 미처 모르는 사람이 많을 것이다. 이제 그 신발은 신을 수 없게 되었지만 지금도 한 치수 큰 신발을 찾는 것만은 변함이 없다.

이런 나의 차림새가 멋이 있는지 없는지에 대해서는 특별히 구애받지 않는다. 의아한 눈초리로 왜 그런 옷을 입고 또 그런 신발을 신고 다니느냐고 묻는 사람들도 있다. 그러나 몸을 꽉 죄는 옷을 입고 발에 꼭 끼는 신발을 신는 것이 오히려 이상하지 않은가? 목을 조르는 넥타이와 하이힐에 타이트스커트 차림이 내게는 더 의아하다. 우선 답답하고 불편할 것 같기 때문이다.

내가 살아가는 태도를 항상 염려해 주던 한 선배는 왜 99명이 가는 길을 따라가지 않고 혼자서 다른 길을 가느라 그렇게 고생하느냐고 했다. 남들이 다 하듯이 차리고 다니면 서로 편할 것인데, 괜한 빈축을 사지 말라는 것이다. 하지만 남을 모방한다고 해서 누구에게 특별히 도움이 되는 것도 아니지 않은가. 나는 공연히 나를 괴롭히고 싶지 않다.

역사에 빛을 남긴 성자나 철학자들은 돌에 맞고 십자가에 박히면서까지 그들이 옳다고 믿는 길을 걸었다. 그에 비하면 내가 겪는 박해라고 해봐야 고작 따가운 눈총 정도가 전부이니, 굳이 뜻을 굽힐 이유가 없다. 눈총이 무서워 타협하는 사람은 자기 인생을 산 것이 아니라 남의 인생을 살았다는 것을 나중에야 알고 허무를 느낄 것이다. 모두가 하는 대로 따르는 것이 정상이라는 생각은 고정관념일 뿐이다. 심지어 지금 정상으로 여겨지는 것도, 시대가 바뀌고 공간이 달라지면 더 이상 정상이 아닌 것이 될 수도 있다. 우리가 고정관념에 사로잡혀 있는 한 발전을 향한 문은 열리지 않는다. 열린 생각을 가진 자만이 깜깜한 험로를 벗어나 빛이 있는 대로에 들어선 수행

자라 할 수 있다. 깨달음이란 그런 것이다. 대단히 환상적이고 특별한 것만이 깨달음이 아니다. 단지 고정관념을 깨는 것. 물론, 그것도 쉬운 일은 아니다. 스스로 가진 생각으로부터 벗어나야 하는 일이니까.

최소한으로만
입는 삶

실은, 옷이든 신발이든 아무것도 걸치지 않은 채 살고 싶다. 그게 얼마나 자연스럽고 자유로운지를 직접 체험해 본 적이 있다. 1967년경, 그러니까 미국에 유학을 온 지 얼마 되지 않았을 무렵이다. 함께 아파트를 얻어 생활하던 타이앤이라는 친구가 한 가지 제안을 해 왔다.

"며칠 뒤에 뉴저지에 있는 나체촌에 가려고 하는데, 너도 같이 가지 않을래?"

"나체촌?"

나는 깜짝 놀라 되물었다. 나체촌이 있다는 말은 들어본 적이 있고, 그것에 흥미를 느껴본 적도 있지만 차마 거기에 가겠다는 생각은 해본 적이 없는지라 선뜻 용기가 나지 않았다. 호기심은 보이면서도 대답을 못 하고 머뭇거리는 나에게 타이앤은 설명을 덧붙였다.

"그냥 휴양지야. 식당, 수영장, 배구장, 강당에 온갖 편의 시설이 다 있는. 다만 사람들이 모두 벗고 있지."

"남자들도 있을 거 아냐."

"물론."

"난 겁이 나서……."

"겁날 것 없어. 네가 안 간대도 난 간다."

그때 내 나이 스물일곱이었고, 모르는 남자 앞에서 벗은 몸을 내보인다는 것은 꿈도 꿀 수 없는 일이었다. 충청도 시골에서 철저한 단속 아래 자라온 나에게 그것은 곧 죄악과 마찬가지였다. 솔직히 겁이 났다. 많은 사람 앞에서 알몸을 보일 생각을 하니 자꾸만 움츠러들었다. 하지만 한쪽에선 그곳이 어떤 곳인지 구경하고 경험해보고 싶다는 생각이 굴뚝처럼 솟아났다. 나는 생각했다. 미국에 온 뒤로는 뭐든 해보고 싶은 걸 하기로 했잖아? 설마 무슨 일이 있으려고? 나는 심호흡을 한 번 하고 용기를 내어 말했다.

"좋아, 같이 가자."

나체촌은 뉴욕에서 차로 서너 시간을 달려야 하는 곳
에 있었다. 타이앤의 차를 얻어 타고 도착한 그곳에서 직
접 눈으로 본 광경은 생각했던 것보다 훨씬 더 충격적이
었다. 타이앤의 말대로 그곳은 모든 시설이 갖춰진 커다
란 휴양지처럼 보였는데, 남자와 여자, 늙은이와 아이들,
홀쭉이, 뚱뚱이 할 것 없이 하나같이 벌거벗은 몸을 한
채로 오가고 있었다. 그런 모습으로 아무렇지도 않게 걷
고 이야기하고 마시고 웃고 떠들고 하는 그들의 모습이
너무도 낯설고 기이해 보였다. 내가 저들만큼 자연스럽
게 행동할 수 있을까…….

처음 옷을 벗는 순간이 가장 힘들었다. 나체 생활공간
으로 입장하기 위해선 목욕탕 탈의실처럼 생긴 건물을
지나야 했고, 우리는 입고 있었던 옷들을 모두 벗어 광
주리에 담아야 했다. 나는 광주리를 내밀면서 문득 한기
를 느꼈다. 기후가 무척 따뜻한 곳이어서 절대 그럴 리
가 없는데도 순간적으로 추운 것 같다는 착각이 일었다.

문자 그대로의 나체촌으로 완전히 발을 들여놓고서도,

한참 동안은 어딘가를 가리긴 가려야겠는데 막상 가리자니 어디를 가려야 할지 모르겠는 이상한 기분으로 엉거주춤하게 있었다. 평소에 자신이 없는 신체 부위에 특히 신경이 쓰였고, 사람들의 시선이 그곳에 달라붙는 것 같아 움직일 수가 없었다. 그래도 시간이 지나자 사람들이 나를 특별히 신경 쓰지 않고 그들 나름에 따라 행동하고 있다는 것을 알게 되었다. 나도 저들처럼 자유로울 수 있어야 하는데⋯⋯. 나는 내가 밖에서 너무 많은 생각들을 끌고 들어왔다는 사실을 깨달았다. 알몸을 부도덕하게 생각하고 있는 내가, 스스로의 몸을 지나치게 의식하고 있는 내가 갑자기 한심하게 느껴졌다.

식당이나 수영장, 배구장 그 어디에도 천 조각 하나 걸친 사람이 없었다. 그렇게 완전히 벗은 몸으로 그곳에서 열리는 각종 행사에 참여하며 휴가를 즐기는 것이었다. 보통 사람들이라면, 특히 여자들이라면 자신이 너무 뚱뚱하다거나 배가 나왔다거나 너무 야위었다는 사실을 의식할 것 같았는데 아무도 개의치 않는 눈빛이었다. 시간이 흐르자 나도 차츰 그 분위기에 익숙해져서 그저 인간들로 이루어진 숲에 들어와 있을 뿐이라고 생각하게 되었다. 숲에는 큰 나무가 있는가 하면 작은 나무도 있다. 마른 나무가 있는가 하면 우람한 나무도 있다. 그중 어떤 나무를, 혹은 나무의 어떤 부분을 특히 우스꽝스럽게 여길 이유가 어디에 있겠는가. 모든 것이 아주 자연스러울 뿐이다. 그렇게 생각하자 나의 행동도 자유로워지기 시작했다. 내 몸에서 불만족스러운 부분들을 늘 의식하느라 남 앞에 과감히 자신을 내보이지 못하고서 웅크린 채 살아온 지난날이 어처구니없게 느껴졌다. 지금까지 무언가에 속은 채로 살아온 것 같다는 기분마저 들었다. 나는 모든 관념을 훌훌 벗어던지고 용기를 내어 즐거운 기분으로 그들에게 합류했다. 그 뒤로 일주일을 정말 신나게 보냈다.

  마지막 날을 앞두고 타이앤은 내게 이곳 생활이 어땠느냐고 물었다. 나는 같이 오자고 해줘서 고맙다고 몇 번이나 되풀이해서 말했다. 일주일이 지나고 떠나야 할 때가 되자, 나는 전혀 예상치 못했던 상황과 맞닥뜨렸다. 벗어놓았던 옷들을 다시 받아 들었는데 그것이 내 옷이 아닌 것처럼 느껴졌던 것이다. 더 나아가 흉측하기 짝이 없는 물건으로도 보였다. 내가 왜 이런 것을 입어야 하나? 이제 알몸으로 돌아다니면 경찰에게 잡혀가는 세상으로 나가야 하니 옷을 입어야겠는데, 거부감에 온몸이 뒤틀리는 것이었다. 옷을 하나씩 걸칠 때마다 나는 서글프고 우울해졌다. 벗기보다 입기가 더 괴롭다는 사실을 그때 처음으로 깨달았다. 발걸음을 옮길 때, 손을 들었다 내릴 때 살갗에 닿는 옷의 감촉이 역겹고 거북했다.

차를 타고 돌아오면서 오랜만에 옷을 입고 다니는 사람들을 보았는데 그렇게 이상해 보일 수가 없었다. 어떤 나무는 빨간 블라우스를 감고 있고, 어떤 나무는 보랏빛 셔츠를 걸치고 있는 것이다. 옷은 너무도 낯설고 부자연스러운 물건이 되었다. 마치 잠깐 달나라에라도 온 듯한 기분이었다. 옷을 입은 사람이 우스꽝스럽다고 생각하다가 문득 내려다보면 나 또한 옷을 입고 있다. 그것이 이상했다. 몇 시간에 걸쳐 스스로에게 몇 번이고 여기는 나체촌이 아니라 '착복촌着服村'이라고 주의를 주어야 했다.

그때 생각했다. 인간이 더 영적으로 진화하고 나면 옷을 벗게 될 것이다. 혹은, 옷을 먼저 벗음으로써 진화에 이르게 될지도 모른다. 옷이 사라진 인간은 허세를 부리지도, 싸우지도 않을 것이다. 거짓말을 하지도 않을 것이다. 그 모든 것이 우스꽝스럽게 느껴질 것이기 때문이다.

지금도 종종 타이앤의 말을 듣길 잘했다고 생각하곤 한다. 그곳의 체험을 통해 사람을 허울 없이 바라보는 훈련을 시작할 수 있었다. 그리고 옷을 입지 않는 것이 진정으로 자연스럽다는 사실을 알았다. 벗고 사는 것이 제일 좋겠지만, 차마 그럴 수 없다면 최소한으로 입고 살아야겠다는 생각도 그때 생겨났다.

자연스럽고
자유로운 누드

　최소한의 삶이 가장 편한 것이다. 많으면 많을수록 불편하다. 예전에 사진 촬영을 위해 어떤 일본인 집을 방문한 일이 있다. 그 집에는 현관, 거실, 침실, 욕실, 부엌에서 신는 슬리퍼가 따로 정해져 있어서 장소를 옮길 때마다 부지런히 갈아 신어야 했다. 얼마나 번거롭고 신경이 쓰이던지……. 결국은 실수를 하고 말았다. 화장실에 다녀오는데 주인의 시선이 내 발에 가 있었다. 욕실 슬리퍼를 거실까지 신고 나왔던 것이다. 하루 종일 슬리퍼를 정리 정돈 하는 게 너무 벅차 얼른 그 집을 떠나고만 싶었다.

옷이나 신발의 효용은 신체를 보호하는 데 있다. 그 본래의 기능을 도외시하고 겉치레에만 치중하게 되면 그때부터는 장식이 된다. 장식을 위해 몸의 형태까지 구속하는 지경에 이르면 그것은 가식이다. 가식은 가식일 뿐, 결코 본질이 될 수는 없다. 누군가가 당신을 만난 뒤 당신의 옷만 기억하고 당신이란 사람은 까맣게 잊어버린다면 행복하겠는가?

메이크업도 마찬가지다. 한 듯 안 한 듯 자연스럽게 화장한 얼굴은 즐거운 마음으로 바라볼 수 있다. 하지만 본래 얼굴이 잘 보이지 않을 만큼의 지나친 화장은 그렇지 않다. 화장을 하지 말아야 한다고 고집하려는 것은 아니다. 다만 하지 않는 편이 더 좋다는 생각이다. 공을 들일수록 본래의 얼굴에서 멀어지는 것 같아서도 그렇지만, 무엇보다 그 과정이 귀찮기 때문이다. 시간도 지나치게 많이 걸리고 공정도 무척 복잡하다. 안 하면 덜 예쁘다고 생각할 수 있겠지만, 겉치레에 지나치게 집중하다가 정작 중요한 것을 놓쳐서는 안 된다.

공연할 때도 기초화장 이상은 잘 하지 않는 나를 가장 불만스러워한 사람은 바로 어머니였다.

"제발 화장도 좀 예쁘게 하고, 옷도 좀 예쁘게 입거라. 남같이 사는 꼴 좀 보면 한이 없겠다."

시집가란 말 다음으로 자주 하신 말씀이었다. 그러면서 내 손을 억지로 붙잡아 끌고 화장품 가게로, 양장점으로 데려가려 성화였다. 길고 긴 타향살이로 어머니 가슴에 못만 박아드렸는데도 끝끝내 딸이 밉지는 않으셨던 모양이다. 헤어질 때면 언제나 문밖에 나와서 배웅하고, 멀리서 돌아보면 오래도록 작은 점으로 마냥 서 계시던 어머니. 그 어머니가 돌아가신 것은 내가 결혼하기 한 해 전이었다.

나는 어머니의 마지막 모습을 지켜보기 위해 며칠 동안 곁에 있었다. 눈을 감은 채 혼수상태로 계신 지 9일째 되는 새벽녘에 어머니는 마지막으로 눈꺼풀을 부르르 떨다가, 눈을 떴다. 그러고는 돌아가셨다. 내가 손으로 어머니의 뜬 눈을 감겨드렸다. 저세상으로 가시는 어머니께 보태드린 것은 그것뿐이었다. 어머니의 장례를 치르던 날, 내가 화장하기를 그렇게 바라셨으니 고운 얼굴로 상여 뒤를 따르고 싶다는 생각이 문득 들기도 했다. 그랬다면 아마도 크게 기뻐하셨으리라. 그러나 어머니의 화

193

장품 그릇을 만지작거리기만 했을 뿐이었다.

　자유로운 삶이란 꾸미지 않는 가식 없는 삶이다. 본래의 모습을 솔직하게 모두 드러내는 삶. 태어날 때부터 가식적인 사람은 없다. 그것은 교육으로 인한 것이다. 내 모습이 어떠하든지, 이 세상에 내놓기에 부끄러울 것이란 없다. 솔직하지 못한 모습이 오히려 우습다. 타인이 만든 시선이나 규격에 나를 끼워 맞추는 것은 일단 피곤해서 견딜 수가 없다. 그래서 일단 편안해지자는 마음가짐으로, 나를 단속하거나 규제하는 것을 깨어버리고 나 자신을 풀어주는 식으로 살아왔다. 그러자 어느 순간부터는 상대방도 그런 나를 편안하게 생각한다는 것을 알게 되었다.

　"당신하고 있으면 왠지 마음이 편해요."

　특별히 잘해준 것도 없는데, 남들에게서 이런 말을 듣곤 했다. 있는 그대로를 다 드러내는 나의 자유로움에서 그들 역시 편안함을 느끼는 것이다. 상대가 먼저 무장을 해제하는데 굳이 불안을 느낄 이유는 전혀 없을 테니.

　먹는 음식에도 꾸밈없는 소박함이 필요하다고 생각한

다. 워낙 못 먹고 자라, 한때는 고기를 자주 먹는 집을 부러워한 적이 있다. 그러다 고기가 흔한 미국에서 지내면서는 오히려 멀리하게 되었다. 처음에는 체중 관리 때문에 일부러 먹지 않았던 것인데, 명상과 요가에 관심을 갖기 시작하자 다른 이유에서 싫어졌다. 왠지 씹는 느낌이 좋지 않았다. 한창 무용을 할 때였으니 에너지 보충을 위해 육류를 먹어야 하지 않을까 싶기도 했지만, 채소와 곡류만으로도 충분한 영양 섭취가 가능했다.

내가 완전한 채식가가 된 것은 아마도 네팔 카트만두에 있는 작은 성전에서 행한 의식을 목격한 뒤일 것이다. 소를 제물로 바치는 의식이었는데, 방법이 잔인하기 이를 데 없었다. 이른 새벽 사람들이 살아 있는 소를 성전 마당으로 끌고 와 예리한 칼로 목을 벤다. 그러고는 목동맥 혈관을 끄집어내어 그것을 마치 소방 호스처럼 제단을 향해 돌리면 세찬 핏줄기가 마당을 가로질러 뿌려진다. 30분가량의 시간이 흐르는 동안, 끌려왔던 소는 처음의 힘차고 늠름한 모습을 잃고 차츰 기운이 빠져 비틀거리다가 결국 쓰러진다. 쓰러진 뒤에도 꿈틀거리며 경련을 계속했다. 피가 제단을 온통 붉게 물들이는 동안 그

옆에선 신들린 듯한 송가가 울려 퍼지고 음악이 연주되고 있었다. 불과 수십 년 전까지만 해도 사람을 그런 식으로 바쳤다고 했다. 신성한 의식이란 생각은 전혀 들지 않았고 인간의 잔인한 악취미만 느낄 수 있을 뿐이었다. 그 이후 고기를 볼 때면 그 장면이 떠올라 절로 시선이 돌아갔다.

육식을 위해 인간이 저지르는 행위들을 보면 지나치다고 생각되는 부분이 많다. 역시 네팔에서 목격한 일이다. 한 골짜기에서 가축을 대규모로 도륙하고 있었다. 수백 명도 넘는 사람들이 양이며 닭, 토끼 등의 가축을 한 마리씩 끌고 와 장사진을 치고 차례를 기다렸다. 저쪽 끝에선 도살꾼이 섬뜩하게 생긴 칼로 가축들의 목을 내려치느라 정신이 없었다. 그날은 한 해에 하루뿐인 성스러운 날이라고 했다. 저마다 가축 한 마리씩을 사원에 바친다는 것이다. 형식적인 명목은 그러하나, 결국 그것을 도로 끌고 가서 먹는 것은 원래의 임자다. 다양한 이유로 잔인한 대규모 행사를 벌이고, 생존과 무관한 살상을 계속하면서 매일매일 다 먹고도 남을 만큼의 소와 돼지를 죽인다.

동물의 몸집을 빨리 키우기 위해, 즉 고기 양을 늘리기 위해 인공적으로 성장촉진제를 투여한다는 사실이 논란이 된 적도 있다. 아이들이 그 고기를 먹고 자라는 것이 점차 늘어나는 성조숙증의 원인이라는 주장도 있다. 결국 인간은 스스로에게 해를 입히면서까지 지나치게 육식을 고집해 온 것이다.

한국에서는 아직도 고기를 올리는 것이 최상의 대접이라고 생각한다. 내가 채식가라는 사실을 모르는 이들은 선뜻 육류를 사주겠다고 해서 때때로 나를 곤혹스럽게 만들기도 한다. 나는 소박한 음식 한 가지를 시켜서 남김없이 다 먹고 나오는 것이 더 좋다고 생각한다.

1989년 가을, 내가 창립한 무용단 '래핑 스톤'이 외국 현대 무용단으로는 처음으로 중국 정부의 초청을 받아 베이징과 톈진에서 〈섬〉을 공연했다. 당시 천안문 사건 이후 중국이 세계로부터 비난을 받고 있었던 시기라, 자유 진영과 교류하는 모습을 과시하기 위해 외국 예술가들을 극진히 대접하는 분위기였다. 한 연회에서 옛날 장개석 총통의 비서였다는 사람이 내 옆에 앉아 접시에 손수 음식을 담아주기까지 하며 여러 가지로 신경을 써주었다. 그런데 그가 골라다 준 것이 하나같이 육류였다. 내가 건드리지도 않고 있자 나중에서야 그는 눈치를 챘다.

"당신 채식주의자요? 아, 당신도 오래 살 거요. 내 친구가 채식주의자인데 아주 건강하거든."

나는 혼자 있을 때 보통 현미밥 한 공기로 식사한다. 반찬은 있으면 먹고, 없으면 먹지 않는다. 간장이나 깨소금 약간을 첨가하면 된다. 식생활이 이러하니, 먹기 위해 큰돈을 벌어야 하는 일도 없다.

어떤 사람이든 먹을 수 있는 양에는 한계가 있다. 그런 의미에서 인간의 모든 한 끼는 평등하다. 그러나 개중에는 그 한 끼에 지나치게 큰 의미를 부여하는 사람들이 있다. 맛난 음식, 호화로운 음식을 위해 차를 끌고 먼 길을 나서기도 한다. 나는 밥 한 공기도 진수성찬 이상으로 음미하면서 먹을 수 있고, 충분히 배를 불릴 수 있으며, 창조적이고 빛나는 일에 필요한 소중한 에너지를 얼마든지 생산할 수 있다고 생각한다.

입어야 하기 '때문에' 먹어야 하기 '때문에' 욕망들이 확대 재생산된다. 만약 옷도 입지 않고 음식도 먹지 않고 살 수 있다면 우리가 바라는 것도 그만큼 줄어들 것이다. 그러나 도저히 그럴 수 없다면 적어도 최소한으로, 최저한으로 소박하게 입고 간단하게 먹는 것이 좋다고 생각한다. 내면적으로 충만한 사람은 외부로부터 많은 것을 구하지 않아도 된다. 적은 양만으로도 견딜 수 있는 사람으로 자신을 단련한다면 필요한 것이 점점 사라지고, 자연스레 지나친 욕망도 하나하나 없어질 것이다. 그것이 바로 한 걸음 한 걸음 자유에 다가가는 길이다.

나는 83년을 살았다. 많은 것을 체험하고 목격해 왔지만, 내가 겪은 모든 일들이 전부 좋았다고는 할 수 없다. 삶에는 늘 예상치 못한 일들이 새롭게 생겨난다. 그러니 몇 가지 고정적인 기준에만 얽매여 사는 것은 얼마나 위험한가. 그래서 나는 그저, 뜻밖의 일에 놀라기보다는 그저 인정하고 바라보려 노력한다.

지금도 나체촌으로 가고 싶다. 자연스럽고 자유로운 누드. 나는 여전히 그런 것들을 좇아가고 있다. 어린아이들은 옷을 입은 것보다 벗고 다니는 것을 더 좋아한다. 우리는 성인이지만, 아마 모두가 나체라면 5분쯤 흐른 뒤엔 아무런 이상함도 느끼지 못할 것이다. 그것이 우리의 가장 정직한 모습일 테니까.

고독을 앓고 있는
사람들

혼자 있는 상태를 두려워하고 그것을 견디지 못하는 사람들을 많이 보았다. 고독이라는 병을 앓고 있는 사람들이었다. 특히나 뉴욕은 사랑이 모자란 도시라 그런지, 거기에 머무는 동안은 그렇지 않은 사람을 찾는 것이 더 어려울 정도였다.

내가 아는 사람 중에는 그림 공부를 하겠다는 비장한 각오로 객지에 나온 이가 있었다. 그의 몸은 외로움을 못 견디어 점차 야위어 갔다. 매일 밤 아파트에 도착하면, 아무도 없는 줄 뻔히 알면서도 벨을 누른 다음 "여보!" 하고 소리쳐 부르며 들어선다고 했다. 싸늘한 집에 그냥은 들어가고 싶지 않았을 것이다. 그날 있었던 일을 벽을 향해서라도 중얼중얼 지껄이지 않으면 잠을 잘 수가 없고, 밤새 TV가 켜져 있어야 했다.

그런가 하면 한국에서 온 한 소설가는, 오래전부터 미국 여행을 꿈꿔온 차에 한 언론사로부터 한 달 동안의 경비를 지원받아 여행할 수 있는 기회를 얻었다. 설레는 마음으로 며칠 잠을 설치고 비행기에 올랐는데, 바로 그 순간부터 가족이 생각나 견딜 수 없었다고 한다. 비행기는 미국으로 가고 있는데 마음은 한국을 향하고 있었다. 그는 미국에 도착하자마자 다음 비행기로 곧바로 돌아가고 싶어졌다. 밤에 잠도 오지 않고, 미국이 아니라 천국이라도 눈에 들어오지 않을 지경이 되었다. 준비해 준 언론사 측의 성의를 생각하면 단 며칠이라도 더 있어야 마땅하겠는데, 순간순간이 괴롭기만 했다는 것이었다.

"내가 무슨 유난스러운 애처가도, 자식만 생각하는 놈도 아니었는데 말이야. 이거 어떻게 된 건지……."

외로움을 견디다 못한 그는 결국 일주일을 간신히 넘기고 가족이 기다리는 고국으로 돌아갔다.

이 밖에도 비슷한 경우가 수도 없이 많았지만, 우연히

만나 친구가 된 어떤 할머니의 경우는 좀 특별했다. 그녀를 생각하면 우습기도 하고 기분이 울적해지기도 한다.

내가 희를 낳은 지 3개월쯤 되었을 무렵이다. 아기를 안고 뉴욕의 업타운으로 가는 버스를 탔는데 그 버스 안에서 굉장히 멋진 은발의 80대 할머니를 보았다. 참 곱게 늙었다는 생각을 하며 난 자꾸 그녀를 쳐다보았고, 그녀도 우리 아기가 보고 싶어서인지 자꾸 나를 쳐다보았다. 그렇게 마주 보다가 우리는 서로 웃음을 터뜨렸다. 우연히 내리는 정거장도 같았다.

그 할머니가 청하는 바람에 우리는 커피숍에 들어가 앉았다. 나는 그녀의 간단한 이력을 들을 수 있었다. 그녀는 TV에도 자주 나오고 영화에도 다수 출연한 배우였다. 80세를 넘긴 그 무렵에도 아직 배우 생활을 포기하지 않고 배역을 찾아 돌아다니는 중이라고 했다. 이런저런 이야기를 꽤 오래 주고받다가 그녀가 물었다.

"근데 아까 왜 나를 그렇게 쳐다보고 있었지?"

"하도 아름다워서요. 근데 당신은 왜 그랬죠?"

"하도 아름다워서."

우리는 그런 말을 하면서 크게 웃었다. 그리고 다시 만나자는 약속까지 하고 헤어졌다.

며칠 후 나는 그녀의 집에 초대받아 방문하게 되었다. 그녀는 조용한 아파트에 혼자 살고 있었다. 그녀는 자신의 역사가 담긴 많은 사진을 보여주며 풍성한 이야기를 풀어놓았다. 분명 찬란한 시절이기는 했지만, 과장도 없지는 않았다.

그녀는 나에 대해 무척이나 호의적인 관심을 보이면서 수시로 점심을 사주고, 큰 샴페인을 들고 내 공연장에 나타나기도 했다. 자신이 프로모터가 되어 내 방송 출연을 추진해 보겠다고도 했다. 그런 관계가 1년가량 지속되었다. 먼저 연락을 끊은 쪽은 나였다. 일정이 바쁜 탓도 있었지만, 만날 때마다 늘 똑같은 '찬란한 역사' 이야기를 계속 들어줘야 한다는 것이 무척 괴로웠기 때문이다. 그녀가 지나치게 나의 환심을 사려고 한 것도 문제였다.

그러던 어느 날 아침 그녀에게서 전화가 왔다. 아주 다급한 목소리였다.

"아주 중요한 문제가 있어서 꼭 너를 만나야겠어. 이제 내가 살면 얼마나 살겠니? 제발 빨리 우리 집으로 좀 와줘."

나는 그 중요한 문제가 도대체 뭐냐고 물었다. 그날 나에게는 해야 할 일이 아주 많았기 때문이다. 그러나 그녀는 제대로 된 대답은 하지 않고 그냥 '굉장히 중요한 문제'라고만 거푸 말해서 내 궁금증만 부풀려 놓았다. 전화를 끊고 남편에게 이야기했더니 그는 대뜸 이렇게 말했다.

"그 할머니 혹시 부자 아냐?"

"아주 못사는 것 같지는 않았어. 근데 왜?"

그러자 남편이 말했다.

"그럼 어서 가봐. 그 할머니가 머지않아 죽게 될 것을 예감하고 당신한테 유산을 물려주려고 그러는 걸지도 모르잖아?"

물론 농담이었지만, 미국 사회에선 충분히 가능한 이야기이기도 했다. 꼭 그렇지 않더라도, 이미 궁금증이 너무 커져 있었기 때문에 나는 그녀에게 가보기로 결심했다. 외출 준비를 마치고 나서 나도 이런 농담을 했다.

"금방 다녀올게. 돈이 생기면 어디에다 쓸지 연구 좀 하고 있어."

"연구할 것도 없어. 돈이 생기면 희야를 데려와야지."

그 한마디에 나의 농담은 빛을 잃고 말았다. 희를 한국의 시댁에 보내고 몇 개월이 지난 뒤였다. 추상화를 그리는 남편과 전위 무용을 하는 나에게는 고정적인 수입이 없었고, 거기에 학업까지 병행해야 하니 최저 생활도 유지하기 힘들 만큼 어렵던 때였다. 어느새 나는 꼭 행운이 생기면 좋겠다는 생각까지 하면서 부랴부랴 그 할머니 집을 찾아가고 있었다. 그런데 도착하고 보니, 그녀는 본론은 꺼내지 않고 평소처럼 그 '찬란한 역사'를 한참이나 이야기하면서 뜸을 들이는 것이었다. 그러고는 또, 점심을 먹자, 차를 한잔 더 하자, 하면서 시간만 끌었다. '중요한 문제'가 무엇이냐고 계속 재촉했지만 그럴수록 그녀는 묘한 웃음만 흘릴 뿐이었다. 이윽고 늦은 오후가 되었을 때 그녀는 서랍에서 뭔가를 꺼내 보여주었다.

"어제 이걸 샀는데, 장담하지만 당첨 가능성이 90퍼센트야."

그것은 복권이었다. 세상에…… 나는 기가 막혔다. 당첨 가능성이 얼마나 클지는 몰라도 복권 한 장을 가지고 이렇게 아침부터 종일 사람을 붙들어 놓았단 말인가.

"이게 당첨되면 우리에겐 큰돈이 생기는 거야. 그 돈으로 우리 둘이서 한국으로 희야를 만나러 가자."

이런 말을 진지하게 하는 그녀의 눈에서, 나는 어떤 광기와 함께 또 다른 무언가를 읽을 수 있었다. 그것은 지독한 외로움이었다. 순간적으로 모든 상황을 확연하게 알 수 있었다. 그녀는 고독이란 병을 앓고 있었다. 그토록 자신의 역사에 매달리는 것도, 나에게 환심을 사려고 애쓰는 것도 모두 그로 인한 증상이었다. 그런데 내가 연락도 끊고 만나주지 않으니 이런 얕은꾀를 짜낸 거였다. 복권을 핑계로 삼으면 적어도 추첨할 때까지는 자주 만날 수 있으리라고 생각했던 모양이다. 그러다가 정말로 당첨되면 한국으로 갈 수도 있는 것이고. 찬란한 역사를 가진 할머니였지만 외로움에 지쳐 있는 그 모습은 연민을 불러일으켰다. 한편으론 나를 어떻게든 곁에 붙잡아두고 싶어 하는 그녀의 집념이 무섭게 느껴졌다. 슬며시 몸에 소름이 돋았다.

고독을 앓는 사람은 남을 괴롭게 한다. 내가 그녀를 도와줄 수 없다는 것을 나는 알고 있었다. 그 병은 자신만이 치료할 수 있다. 내가 위안이 되고 고독으로부터의 도피처가 될 수는 있겠지만, 어디까지나 그것은 일시적일

뿐이다. 스스로 거기서 해방되어야 했다. 그러기 위해
선 그녀를 완전히 혼자로 만들어주어야 한다는 것도 나
는 알고 있었다. 내가 도울 수 있는 일은 그뿐이었다. 다
만 그날은 이미 하루가 다 기운 터였으므로 나의 하루를
기쁜 마음으로 그녀에게 나누어주자고 너그럽게 다짐했
다. 이번엔 내 쪽에서 그녀의 역사를 먼저 건드려 불러내
기도 하고, 늘 보아왔던 사진에 진심으로 관심을 가져주
기도 하면서 모든 이야기를 즐겁게 다 들어주었다. 그리
고 밤늦게 그녀를 웃으면서 꼭 안아주고 돌아왔다. 그러
고는 그녀를 다시 만나지 않았다.

　오래전 이야기니 그녀는 아마 저세상 사람이 되었을
것이다. 너무 냉정한 판단이었을지도 모르겠지만, 나는
내가 그녀를 위해서 옳은 행동을 했다고 믿는다.

기꺼이 혼자가
될 수 있다면

지나온 시간을 돌이켜 보면 나는 언제나 혼자였다. 그러나 못 견딜 만큼 외로웠던 적은 없는데, 천성적으로 고독에 강한 체질이거나 그런 것을 느낄 새가 없을 만큼 바빴기 때문일 것이다. 어릴 때는 친구들도 많고, 집 안에 식구들도 우글거렸으니 혼자 있는 시간이 별로 없었다. 대학생 때도 결혼해 서울에 살고 있는 오빠 집에서 지냈으니 고독할 틈이 없었다.

물론 외로운 순간들이 아주 없었던 것은 아니다. 뉴욕에서의 공연을 마친 첫날이었다. 무대 뒤로 돌아오니 정신을 차릴 수가 없었다. 나는 커다란 거울을 들여다보며 한동안 멍한 상태로 있었다. 객석의 박수 소리가 아련하게 들려왔다. 아직 옷도 갈아입지 못했는데, 수많은 사람이 무대 뒤로 들이닥쳤다.

조동화 선생을 비롯한 한국 무용계의 저명인사들이 찾아와 일면식도 없었던 이 무용가를 격려해 주었다. 앞다투어 손을 내미는 사람들 중에는 학창 시절에 보았던 동창들, 그동안 소식을 모르고 지내던 옛 친구들도 섞여 있었다. 그러나 수십 명이나 되는 사람들이 워낙 밀물처럼 한꺼번에 몰려들었기 때문에 누가 누구인지 얼굴을 제대로 분간할 수 없었다. 그들이 저마다 나는 누굽니다, 굉장했습니다, 한마디씩 건네며 손을 잡아주고 돌아가는 동안 나는 그저 입을 벌린 채로 고개를 끄덕이며 간신히 답례만 하고 있었다. 실은 거의 정신을 잃을 정도였다. 그러기를 한 30분, 밀물처럼 다가왔던 사람들이 어느새 썰물처럼 모두 빠져나갔다.

언제 그랬냐는 듯이 싸늘한 적막감이 감돌았다. 내 앞에는 전신을 비춰 볼 수 있는 큰 거울과 나 자신만이 덩그러니 남아 있었다. 그때였다. 조금 전까지만 해도 환호의 절정 앞에 서 있었던 내 가슴에는 커다란 구멍이 뚫

려버렸다. 나는 옷을 갈아입고 짐을 챙긴 후 객석 쪽으로 돌아 나와 주위를 둘러보았다. 아무도 없었다. 공간을 빽빽이 메우고 있던 그 많은 사람들은 모두 사라지고 어둑하고 허허로운 공감만 남아 있었다. 관객들은 무대에 서 있던 무용가 홍신자와 순간의 시간을 함께 나누고 떠났다. 그렇지만 인간 홍신자의 시간을 함께 나누어줄 사람은 거기에 아무도 없었다. 나에게 관객이란 무엇인가. 처음으로 나는 그것을 심각하게 고민하며 몸을 떨었다. 커다랗게 느껴지는 극장에서 터벅터벅 걸어 나오는 내 발소리가 외롭게 울리고 있었다. 밖에도 나를 기다리는 사람은 없었다. 인파마저 줄어든 초가을 밤, 제법 스산한 바람이 불었다.

연희동 오빠 집으로 돌아와 보니 가족들이 기다리고 있었다. 그들도 물론 극장에 왔었는데, 그 요란한 소동으로 보아 틀림없이 나에게 무슨 계획이나 일정이 있으려니 하고 일찌감치 사라져 준 것이었다. 나중에 알게 되었지만, 다른 사람들도 마찬가지였다고 한다. 모두가 자기에게는 차례도 돌아오지 않겠다고 짐작하며 자리를 비켜주었다는 것이다. 덕분에 그날 나는 언젠가는 꼭 느껴야 할 절대적인 고독감을 극적으로 느끼게 되었다. 요란한 갈채 뒤에 느꼈던 짙은 허무감과 외로움은 후에 인도에 가서야 끝날 방황의 씨가 되어 싹을 틔우기 시작했다. 뼈에 사무치는 감정이었다. 그날 밤은 도통 잠을 이룰 수가 없었다.

저녁상을 놓고 가족들이 둘러앉아 저마다 한마디씩 하는 것을 듣자니 모두 내 작품을 탐탁지 않게 생각하는 눈치였다. 마지못해 칭찬이라고 하는 말이 이랬다.

"우리 집안에 철학자가 하나 났나 보다."

어머니가 제일 심했다. 그녀는 내가 한국에서 제일 큰 공연장에서 춤을 춘다니까, 화장도 예쁘게 하고 아주 예쁜 춤을 추리라고 기대했던 모양이었다. 그래서 공연이 있기 전까지 만나는 사람마다 딸 자랑을 늘어놓고 공연 전날엔 설레어 잠을 설치기까지 했는데, 막상 공연이랍시고 가서 보니 화장도 제대로 안 한 얼굴로 청승맞게 곡을 해대는 바람에 그만 충격을 받고 중간에 나와버렸다는 것이다. 어머니는 반쯤 돌아앉은 채로 말씀하셨다.

"그래, 미국까지 가서 거지꼴로 그 고생을 하며 배웠다는 게 겨우 그거란 말이냐?"

나에겐 진정으로 무언가를 나눌 수 있는 사람이 아무

도 없었다.

다 옛날이야기다. 그 시간을 모두 겪어내고 난 지금은 오히려 진정한 혼자 됨을 위하여 내가 먼저 혼자만의 시간을 찾는다. 혼자일 때 외로움이나 두려움을 느끼지 않는다. 오히려 축복과 행복을 느낄 수 있다. 한때 앞만 보고 달리던 젊은 시절의 내가 지니고 있던 고독에 대한 두려움으로부터 벗어나는 일은, 의외로 쉬웠다. 그것을 있는 그대로 바라보는 것이었다.

고독은 절대적으로 부정적인 감정이 아니다. 그저 여러 감정 중 하나에 속하는, 일종의 경험일 뿐이다. 화를 내거나 우는 것과 같은 종류다. 인간으로서 자연적으로 느끼는 감정. 그러니 탈피하려고 노력하기보다 그저 무서워하지 않고 바라보면 될 일이다. 고독에 빠져서 허우적거리지 않는 것이 가장 중요하다. 이는 명상의 기본적인 자세이기도 하다. 고독이 나에게 끼어들 틈이 있으면 나는 그것을 바라보았고, 바라보고 있다 보면 고독은 금세 증발되어 사라지곤 했다.

나는 지금 고독이라는 감정을 사랑하는 편이다. 고독

은 침묵과 가까운 형태이고, 침묵을 통해 우리는 스스로 해답을 내린다. 그 해답이 어떠한지에 따라 자유로움의 여부가 결정된다. 나는 모든 사람들이 고독의 진가를 알아주기를 바란다. 고독한 시간이 있어야 진정으로 자신을 되돌아볼 수 있는 법이다. 더불어 결국 인생이란 고독할 수밖에 없다는 점도 깨달아야 한다. 이 세상에 태어나 한 번도 고독하지 않은 사람은 없다. 이 모든 일이 하나의 거대한 과정처럼 느껴질지도 모르겠지만, 실은 인생에는 별것이 없다. 결국 모든 일은 나에게서 시작하고 나에게서 끝이 난다. 주어진 시간과 주어진 감정을 온전히 느끼는 것이 지금을 누리는 가장 자유로운 방식이다. 고독하다는 것과 외롭다는 것과 쓸쓸하다는 것의 맛과 느낌과 질감을 느끼고, 그것들이 서로 어떻게 다른지를 들여다보고, 그 시간을 누리는 것도 인생의 한 부분이니까.

　가장 안타까운 것은 현대인들에게는 고독이나 쓸쓸함, 외로움을 느낄 새가 없다는 사실이다. 아무것에도 의지하지 않은 채 자기를 사색할 수 있는 시간이 없다는 것은 자아를 잃어버린 채로 사는 것과 비슷하다. 그리고 그 중심에는 휴대폰이라는 큰 장애물이 있다.

요즘 사람들을 보고 있자면 그들의 마지막 모습을 생각하게 된다. 어쩌면 마지막 순간, 관 속에 들어가서도 휴대폰을 붙잡고 있는 것은 아닐까. 길을 걸을 때, 운전할 때, 카페에 머물거나 식사를 할 때도 휴대폰으로 수시로 무언가를 하는 사람들만이 빼곡히 그 자리를 채우고 있다. 전화를 하거나 메시지를 보내기 위해서라기보다는 그저 의무처럼 손에 잡고 있는 것으로 보였다. 휴대폰을 몸의 일부처럼 생각하는 것. 우리가 당면한 현실이자 비극이라는 생각이 들었다.

하루라도, 아니 몇 시간 만이라도 휴대폰과 떨어져 있으면 무슨 일이 일어날 것처럼 불안해진다. 심지어는 어린아이에게까지 휴대폰을 쥐여주고, 다시 휴대폰을 빼앗으려 하면 아이는 득달같이 울기 시작한다. 주변을 둘러보면 흔히 보이는 모습이다. 최근에는 이와 관련된 충격적인 기사를 보기도 했다. 도쿄의 기차 안에서 살인 사건이 일어났는데 목격자가 아무도 없다는 거였다. 기차에 탄 모두가 자기 자신을 외부와 단절시킨 채 휴대폰만 들여다보고 있었기 때문이라고 한다. 수십 명의 사람들이 오가는 기차 안에서 살인이 벌어졌는데도 목격한 사람이

나는 지금 고독이라는 감정을 사랑하는 편이다.

고독은 침묵과 가까운 형태이고,

침묵을 통해 우리는 스스로 해답을 내린다.

그 해답이 어떠한지에 따라

자유로움의 여부가 결정된다.

아무도 없다는 것이 이해되지 않았다. 우리가 심각한 시대에 살고 있다고 다시금 느꼈다.

자기만의 사색이 없다면 상황은 지금보다 더 심각해질 것이다. 외로울 시간이 없기에 외로움이 무엇인지 모른다는 것은 자신을 앞으로도 계속 무지의 상태에 몰아넣는다는 것을 의미한다. 무지한 무아의 상태로 말이다.

인생에서 가장 중요한 순간들은 혼자일 때 생겨난다. 먹고 싸고 태어나고 죽는 모든 육감의 체험들이 그렇다. 휴대폰은 잠시 넣어두고, 우리 모두 눈앞의 순간에 집중해야 한다. 모든 것이 정직한 속도에 맞춰 정직하게 진행됨을 바라보아야 한다.

나아가 고독 그 너머에 있는 근본적인 질문에까지 도달해야 한다. 인간이 지닌 가장 큰 두려움 중 하나는 바로 죽음에 대한 두려움이다. 인생을 살아가며 느끼는 그 어떠한 두려움도 죽음이라는 근본적인 두려움 앞에서는 모두 무색해진다.

그러니 죽기를 두려워하지 않는다면 다른 그 무엇이 두려우랴.

죽음과
정면으로 맞서기

인도에 머물던 때의 일이다. 동부 히말라야 산기슭에 위치한 도시인 다르질링Darjeeling에서 나는 죽음에 관한 새로운 생활양식을 목격하게 되었다. 티베트 사람들은 죽음의 상징과도 같은 해골을 일상생활에 늘 가까이 두고 살아간다. 그들은 죽은 사람의 뼈로 악기를 만들기도 하고 목걸이나 의식용 제구 등을 만들어 쓰기도 한다. 허벅지 뼈는 훌륭한 피리가 되고, 납작하게 잘린 두개골은 장구처럼 맞붙어 딱딱하고 귀여운 소리를 내는 작은 북이 된다. 이런 것들은 티베트 사람들이 사는 곳이라면 어디서든 쉽게 볼 수 있다. 두개골을 문자 그대로 해골바가지로 만들어 쌀을 담아 두기도 한다. 티베트 어느 살림집에서나 흔히 볼 수 있는 쌀이 담긴 두개골은, 마치 우리나라에서 장독대 위에 정화수를 떠놓는 것과 비슷한 의식적인 행위이기도 했다.

인골人骨은 어쨌거나 죽음의 흔적인데도 티베트 사람들은 삶의 현장으로 그것들을 끌고 들어와 이곳저곳에서 마주하고 있었다. 그들은 죽음을 혐오나 회피의 대상이 아니라 매우 친숙한 무엇으로 받아들이고 있다는 사실이 피부로 느껴졌다. 젊은 시절, 나는 죽음에 대한 그들의 그런 친밀감이 어디에서 오는 것인지 궁금했다. 그때까지만 해도 나 역시 죽음을 두려움의 대상이자 커다란 숙제로 여기고 있었기 때문이다.

한국에서의 49일재日齋와 비슷한 의식도 존재했다. 그곳 사람들은 그것을 '바르도 퇴돌Bardo Thodol'이라고 했다. 인간이 죽은 뒤 49일 동안은 혼이 모든 것을 느끼기 때문에 아직 죽은 것이 아니다. 아직 떠나지 않은 이 혼은 좀 더 좋은 세계로 가기 위해, 일생 동안 공부한 것을 동원해서 마치 지도를 갖고 길을 찾아가듯 저세상을 찾아가게 된다. 그동안 그의 주위에서는 경험 많은 승려들이 줄곧

경을 읽어준다. 경을 읽어주는 것은, 희미하게 남아 있는 꿈을 다시 상기시켜 주듯이 세상에서 배운 것들 중 희미해진 것에 대해 다시 이야기해 주는 과정이다. '이렇게 가면 되고 저렇게 가면 된다. 잊어버리지 말라. 빛을 찾으라. 놀라지 말라.' 이렇게 49일 동안 계속 귀띔해 주는 것이다. 여기에 뼈로 된 악기와 장신구도 동원된다.

이 의식은 티베트불교 최고의 경전이라 일컬어지는 『티베트 사자의 서』, 즉 『바르도 퇴돌』에 연원을 두고 있었다. 이것을 공부하는 승려들도 아주 많았다. 그들은 더 높은 차원의 곳으로 가지 못하면 다시 고통 많은 이 세상의 중생으로 태어난다고 믿고, 어떻게든 다른 세상으로 가기 위해 공부해야 한다고 생각했다. 3년짜리 『바르도 퇴돌』 공부 과정이 있다기에 찾아가 보았더니 놀랍게도 서양인들도 있었다. 내리 3년을 그것만 공부하기 위해 멀리 유럽에서 이 고지까지 찾아온 사람들이었다. 그렇지만 나는 죽음 이후의 시간을 위해서 3년을 할애할 생각이 아직 없었다. 나에게 급한 것은 죽은 자로서가 아니라 산 자로서 죽음을 어떻게 맞이할 것인가 하는 문제였기 때문이다.

그럼에도 『바르도 퇴돌』을 통해 죽음의 과정과 영혼의
행로를 배워야겠다는 생각에 나도 그들 틈에 끼어 공부
를 시작했다. 『바르도 퇴돌』은 육신의 죽음 이후를 말하
고 있었다. 죽음 이후 49일간의 유랑과 윤회의 과정과,
떠돌지 않고 해탈하여 성불할 수 있는 방법을 일러주는
경전이었다. 그러나 나는 아직 육신을 끌고 다니는 존재
일 뿐이니, 죽음 뒤를 아는 것보다는 당장 살아 있는 자
로서 직면한 죽음의 공포로부터 해방되는 것이 더 급했
다. 내게 중요한 것은 죽고 나서의 49일이 아니었다. 단
하루라도 좋으니 아직 죽지 않은 날에 내가 가져야 할 분
명한 의식을 얻고 싶었다. 그러므로 나에게 『바르도 퇴
돌』은 체험이라기보다는 강독講讀의 대상이었다.

어느 날 우리를 가르치던 라마승이 죽은 사람의 두개
골에 대하여 이런 말을 해주었다.

"사람의 두개골을 보면 그것이 많은 수행을 거친 사람
의 것인지, 그렇지 않은 사람의 것인지 알 수 있다. 공부
를 많이 한 사람의 두개골에는 구멍이 크게 뚫려 있는데,
거기로 그 사람의 영혼이 빠져나간 것이다."

나는 그 말을 믿어야 할지 말아야 할지 알 수 없었다. 하지만 생전의 공부가 사자의 육신에 어떻게든 흔적을 남길 수 있다는 사실을 굳이 부정할 이유는 없었다.

사람은 누구나 죽음에 대한 근원적인 두려움을 떨치지 못해 괴로워하기 마련이다. 나 역시 그 두려움을 해결하기 위해 죽음과 정면으로 맞서보고 싶었다. 한 가지 생각이 떠올랐다. 그래서 두개골이라는 화제가 지나가기 전에 재빨리 그에게 부탁했다.

"저에게 두개골을 하나 구해주실 수 없겠습니까? 많은 공부를 하지 않은 사람의 것이라도 좋습니다만……."

"무엇에 쓰려는가?"

"항상 같이 있고 싶습니다."

"무엇과 같이 있고 싶다는 건가, 죽음과?"

나는 고개를 끄덕였다. 죽음으로부터 자유로워질 수 있을 때까지, 해골과 항상 맞붙어 있어봐야겠다는 생각이었다. 인골로 만든 악기나 목걸이 등은 쉽게 구할 수 있었지만, 그렇게 기능이 강조된 채로 가공되고 나면 죽음이 거기에 거의 남아 있지 않게 될 테니 소용없을 것 같았다. 죽음의 형상이 담긴 해골 그대로가 필요했다. 그라면 구해줄 수 있을 것 같았기에 나는 눈빛으로 간곡히 부탁했다.

　며칠 뒤, 그 라마승은 아래쪽이 떨어져 나간 해골 하나를 내게 내밀었다. 처음으로 해골을 만져보는 것이었기 때문에 손을 몇 번이나 접었다 폈다 하며 머뭇거리다가 용기를 내어 덥석 받아 들었다. 느낌이 꺼림칙했다. 생전에 공부가 부족했는지, 그 해골에 구멍은 없었다. 『바르도 퇴돌』은 언젠가 다음 기회에 다시 공부하리라 다짐하며 나는 해골 하나만을 달랑 들고 그곳을 떠났다.

　히말라야의 깊은 계곡, 해가 지자 적막에 휩싸여 숨소리조차 크게 들리는 외딴 오두막집에서 해골과의 첫 하룻밤을 보내게 되었다. 나는 촛불을 켜놓은 채 해골을 들고 혼자 앉아서 우선 쓰다듬어 촉감을 느껴보는 것으로 그것과의 관계를 시작했다. 어떤 거부감이 손끝에서 일어나 휙 온몸을 휘감았다. 꺼림칙한 느낌. 손끝에서 느껴지는 이질적이고 차갑고 딱딱한 질감. 이 느낌은 무엇일까? 이 느낌은 도대체 어디에서 오는 것일까? 그 감각의 본체를 주시하기 위해 계속 매달려야 했다.

　나는 그 해골에 물을 받아 왔다. 그리고 그것을 마셔보려고 했다. 입 가까이 가져가는 데까지는 성공했지만 도저히 입술에 댈 수가 없었다. 망설이다 도로 내려놓고, 심호흡을 한 번 하고 다시 그것을 들었다. 이렇게 여러 번을 시도한 뒤에야 겨우 입술에 대고 억지로 입 안으로 물을 밀어 넣을 수가 있었다. 그러나 삼킬 수가 없었다. 토악질하듯 물을 뱉어내고 한참 동안 해골을 바라보기만 했다. 다시 그것에 손을 뻗었다. 이번엔 눈을 질끈 감고 곧바로 입으로 가져갔다. 딸그락하고 내 이에 뼈가 부딪혔다. 치가 떨렸다. 입으로 들어온 물을, 그 어떤 생각이 일어나기도 전에 재빨리 꿀꺽 삼켰다. 그러고는 몸서리를 치면서 해골을 바닥에 내려놓았다.

이 지독한 거부감은 도대체 무엇인가? 그것은 두려움이었다. 내가 도대체 무엇을 빼앗길까 봐 두려워하는지 알 수가 없었다. 어쩌면 해골에서 손이 자라나고, 그 손이 나를 붙잡아 함께 나락으로 곤두박질할지도 모른다는 대단한 상상력이 발휘되기라도 한 것일까? 두려움의 진원을 정확히 짚어낼 수가 없었다. 해골은 나에게서 아무것도 빼앗아 가지 못한다. 해골에는 그러한 힘이 없다. 나에겐 해골에 빼앗길 만한 그 무엇도 없다. 나의 이성은 그렇게 말하고 있었다. 나는 해골을 다시 집어 들고 남은 물을 바닥까지 마셔버렸다. 그리고 그것을 몸에 대고 문지르기 시작했다. 몸부림을 치며 소리를 질렀다. 나는 이것에 아무것도 빼앗기지 않는다. 아니, 나에게는 빼앗길 게 아무것도 없다. 해골로 인해 어떻게 되지 않을 거라는 안도감이 피부에 내려앉을 때까지 나의 가슴, 얼굴, 팔과 다리, 내 몸의 모든 부분을 온통 그것에 내맡기며 소리를 질렀다. 이윽고 두려움이 가라앉았고, 진정을 찾은 후에야 나는 해골을 껴안고 쓰러져 잠이 들었다. 걱정했던 악몽 같은 것은 없었다.

다음 날부터, 죽음에 대해서는 아직 모르겠지만 적어도 해골하고는 친해졌다. 나는 해골에 밥을 담아 먹었다. 그것은 내 공양 그릇이 되었다. 나에게 그릇은 그것 하나밖에 없었다. 잠을 잘 때 그것은 머리맡에 놓여 내 잠의 파수꾼이 되었다. 나는 해골에 대고 말했다.

"너는 나의 죽음이고 나의 밥그릇이다. 나와 함께 다니자."

나는 죽음과 관련된 것이라면 무엇이든 그것을 피하지

않고 찾아다녔다. 죽음을 가장 절실히 느낄 수 있는 곳은 시신을 태우느라 불길이 솟고 있는 화장장이었다. 인도에서 생활하는 내내 화장장은 내가 가장 즐겨 찾는 곳이 되었다. 인도의 웬만한 강변에는 모두 화장장이 있는데, 그중에서도 가장 잊을 수 없는 것은 갠지스강이다. 죽어서가 아니라, 살아 있을 때 죽음을 위해 찾아오는 사람들의 모습에서 나는 어떤 아름다움을 느꼈다. 나도 저들처럼, 나에게 죽음이 가까워 올 때 수동적으로 당하는 것이 아니라 정면으로 맞아들이리라.

그곳을 찾는 이들 각자에게 깨달음이 있었던 것 같지는 않다. 단지 그들 사이의 문화이자 관습, 생활일 뿐이었다. 그러나 그것이 생활화되어 있다는 점에는 경외심을 가지지 않을 수 없었다. 어떤 거대한 의식이 죽음을 생활로 만드는 것일까. 죽음을 생활 일부분으로 받아들이게 하는 그들만의 공통된 의식이 궁금했다.

인도의 모든 강변에 황혼이 찾아오고 죽은 자의 육신이 타는 연기가 사그라지고 있었다. 나는 화장장에서 알 수 없는 마음으로 노래를 불렀다. 몸을 조금씩 움직여 춤을 추기도 했다.

죽음을 위해 찾아오는 사람들의 모습에서
나는 어떤 아름다움을 느꼈다.
나도 저들처럼, 나에게 죽음이 가까워 올 때
수동적으로 당하는 것이 아니라
정면으로 맞아들이리라.

평온하게
죽음을 기다리다

83세라는 세월을 산 지금, 어느덧 죽음에 가까운 나이
가 되었다는 것을 자연스레 인지하고 있다. 젊었을 때와
달리 몸에 불편한 곳도 많이 생겼으며 정신적 또렷함도
점차 희미해져 감을 느낀다. 당장 오늘 밤 죽음이 손을
내밀어도 전혀 이상하지 않은 나이가 된 것이다. 나는 그
러한 죽음의 손 인사를 언제든지 반갑게, 감사히 따라갈
준비가 되어 있다.

죽음에 대한 두려움을 떨쳐낸 이후, 나는 죽음을 친구
라고 여기며 살아왔다. 젊은 시절엔 막연하게 두려워했
던 죽음이지만 구도를 꿈꾸면서부터는 더 이상 두렵지

않았다. 궁극적인 해답을 찾기 위해 수많은 의심과 혼란으로 뒤엉킨 시기를 보냈고, 마침내 답을 찾았기에 후회는 없다. 죽음이 두렵지 않으니 다른 무엇도 두렵지 않다. 오히려 내가 두려운 것은 죽음이 없는 삶일지도 모른다.

세월이 흘러감에 따라 죽은 이들의 모습을 많이 보았다. 그를 볼 때마다 나는 두려움보다는 그저 자연스러운 운명을 느꼈다. 내가 처음으로 죽은 이를 씻겨준 것은 안성에 머물 때였다. 쉰을 갓 넘긴 때였는데, 가족들의 부탁으로 나는 동네에서 가깝게 지냈던 할머니의 수의를 입혀주게 되었다. 시골에서는 장례를 집에서 치르곤 했으니 직접 수의를 입히고 몸을 정갈하게 씻기는 것이 자연스러운 일이었다. 무섭거나 두렵다는 생각은 일절 들지 않았다. 그저 가만히 누워 있는, 아마 지금의 나보다 훨씬 나이가 적었을 그 할머니를 씻겨주며 나는 죽음이란 평온한 것이라고 다시 한번 느꼈다.

눈을 꼭 감고 있는 할머니의 얼굴이 너무나 평화로웠다. 살아 있을 때 느꼈을 긴장은 모두 사라진 뒤였다. 살아 숨 쉬는 사람의 얼굴에는 인상이 있는 법이지만 죽은 사람은 그렇지 않았다. 아무런 느낌이 없었다. 희고 깨끗한 백지장을 살포시 얼굴에 덮어놓은 느낌이랄까. 그저 평화로움만이 할머니의 얼굴을 지배하고 있었다. 죽음이란 얼굴을 이토록 평화롭게 만들 수 있는 것이구나. 다시 말해, 죽음이란 평화로운 것이구나. 나는 할머니의 얼굴을 눈으로 담았다. 그리고 편안해진 할머니의 얼굴을 씻기며 보듬었다. 어떠한 미동도 없었지만 행복해 보이는 얼굴이었다. 너무나 부러울 만큼.

그 이후에 만난 죽은 이들의 얼굴은 늘 같은 모양이었다. 내가 마주한 사람들 중에는 슬픈 얼굴이 하나도 없었다. 죽음은 빈 화면으로 돌아가는 것이다. 살아 있을 적 눈동자에서 느껴지던 초라한 야심이 사라지는 것이다. 돌아가던 시계가 멈추는 것이다. 죽는다는 일이 나에게 점점 더 평온이라는 의미에 가까워졌다.

그러나 주변을 둘러보아도 죽음을 쉽사리 받아들이지 못하는 사람들이 많다. 아니, 아마 대부분이 그러할 테다. 많은 이들이 오래 사는 것을 갈망한다. 질병이나 가난이나 불행을 겪고 있으면서도……. 죽음은 동전의 양면이다. 죽음이 언제 어떻게 운명적으로 다가올지는 아무도 모른다. 불가항력의 힘으로 발버둥 쳐도 막을 수 없는 것이다. 오래 살겠다고 결심하는 순간부터 오히려 비극이 시작되는 셈이다.

나는 죽음을 기다린다. 와야 할 때가 되면 기꺼이 오기를. 우리가 의식하지 않을 뿐 삶은 늘 죽음과 함께한다. 죽음이 없으면 삶도 없다.

어린 시절, 죽음은 두려움의 대상이 아니었다. 전쟁을 겪는 동안 나는 죽음을 단지 일상 속에서 흔하고 자연스럽게 벌어지는 사건으로 받아들이며 자랐다. 그러나 자아가 생겨나고, 의식이 싹트기 시작하면서 생각이 달라지기 시작했다. 죽음에 대해 다시 정의를 내려보고, 추상적으로나마 스스로를 납득시키고 이해시키려고 했다. 상상 속에서 나를 눕혀보기도 했다. 내가 시체가 되고, 관에 누워 썩고 불탄다. 두려움이 밀물처럼 밀려왔다. 하고 싶은 것, 되고 싶은 것, 이루고 싶은 것이 너무 많았다. 나를 사라지게 하고 싶지 않다는 강한 열망이 내 존재를 순식간에 갑옷처럼 감싸버렸다. 그 갑옷 안에서의 삶. 그것이 이전까지의 내 삶이었다.

육신의 죽음을 두려워하게 된 것은, 스스로를 마침내 독립된 한 실체로 받아들이기 시작했기 때문이다. 그 일련의 과정 맨 위에는 나의 정신이 있다. 우리가 죽음을 맞으면, 육신이 소멸하며 정신도 함께 소멸한다. 그러니 죽는 것은 결국 정신, 즉 에고다. 두려움을 만들어내는 것도 에고다. 에고가 소멸을 두려워하는 것이다.

에고란 무엇일까? '나'라는 존재는, 때로는 실제로 존재하는 것이 맞는지 믿기 어려울 만큼 불투명한 존재다. 에고는 그 불확실성에 불안을 느끼면서, 존재를 증명하기 위해 무수히 많은 외적 조건들을 끌어모아 증거로 삼으려 한다. 모든 갈망이 여기에서 일어난다. 죽음에 대한 두려움은 그런 갈망이 쌓아 올린 모든 것을 상실한다는 데서 생겨난다. 그렇다면 육신의 죽음이 찾아오기 전, 에고를 먼저 죽일 수 있다면 어떨까? 나는 지금까지 외부로부터 체득해 지니고 있었던 모든 지식과 관념을 송두리째 벗어던지기로 했다.

단선적인 언어로는 이러한 합리적이고 조화롭고 질서 있는 혼돈을 모순되지 않게 설명할 방법이 없다. 단지, 스스로 빈 배가 되어야 한다는 것만을 느끼고 있었다. 나는 한 척의 배고 노를 젓고 있는 사공은 나의 에고다. 그러나 빈 배는 사공을 필요로 하지 않는다. 자연스러운 물결의 흐름을 따르는 것 외에는 목적이 없기 때문이다. 한때는 물살을 거슬러 올라가려고 애썼던, 혹은 저 먼 강 건너편에 이르려고 서둘렀던 사공은 이제 사라져야 한다. 나는 빈 배로 떠 있겠다. 더러 바람에 흔들리고 물결에 일렁이겠지만, 바다로 향하는 순조로운 흐름에 무심히 실려 있겠다. 어쩌면 바다에 이르기도 전에 강물 속으로 가라앉아 버릴 수도 있을 것이다. 그러나 그때의 배는 그저 물속에 가라앉은 빈 배일 뿐이다. 빈 배가 걱정할 것이 무엇이 있겠는가?

나는 죽음을 두려워하던 에고를 죽였다. 그러나 이렇게 한마디로 표현할 수 있을 만큼 간단하지만은 않았다. 에고가 죽는 일은 마치 실제로 죽는 것처럼 두려움과 고통이 현실화되는 과정이었기 때문이다.

눈을 감는다. 명상하며 나의 본질과 어긋나는 것들을 하나하나 버려나간다. 부정하고 싶지 않은 것을 부정해야 하고, 인정하고 싶지 않은 것을 인정해야 한다. 그리고 나 스스로에게조차 감추고 싶었던 치부를 죄다 들추어놓는다.

나는 이제 죽는다······. 죽음을 생각할 때마다 애착을 가졌던 것들이 다시 밀려온다. 그것들을 향해 말한다. 나는 죽는다고. 단단한 벽에 부딪혀 내 인생의 지나온 전 과정이 빛을 잃고 호물호물 무너지는 것이 보인다. 인생 전체를 물들이는 지독한 무의미 때문에 나는 더 이상 비참해질 수 없을 만큼 비참해진다. 내가 끝까지 붙잡고 있는 것은 '그래도 나에겐 살아야 할 목적이 있다'는 밧줄 한 가닥뿐이다. 나의 존재를 정당화해 줄 유일한 밧줄. 이 상태까지 이르렀는데도 차마 손을 놓지 못해 얼마나 다시 돌아 나가야 했던가. 그러면 밧줄에 다시 뼈와 살이 붙어 모든 것이 제자리로 돌아가게 된다.

나는 마침내 손을 놓아버렸다. 엄청난 중력에 끌려 한없이 밑으로 떨어진다. 심장을 찢을 듯이 끌어당기는 엄청난 힘에 감당할 수 없는 고통이 찾아왔다. 그러나 그것은 순간이었다. 곧 놀라운 일이 벌어졌다. 캄캄한 나락은 감쪽같이 걷히고 일순간에 환한 백색 공간이 나를 둘러쌌다. 나는 어딘가로 떨어져 내리는 것이 아니라, 그 공간 속에 안정되게 '존재'하고 있는 것이었다.

이제는 그 어떤 복잡한 말들 대신, 간단하게 죽음을 정의할 수 있을 것 같다. 죽음은 무의 세계다. 그리고 생의 마지막에서, 나와 함께 갈 것이다.

숨을 쉬듯
자연스럽게

죽음을 받아들이는 일에 대해 라즈니시는 이렇게 말
했다.

"죽음을 순순히 받아들이는 것은 가장 힘든 일이다. 왜
냐하면 인간은 이미 교육받았기 때문이다. 죽음은 인생
의 끝장이요, 두려움이고, 고통스러운 것이라고 말이다.
그러나 죽음은 생의 한 부분이지 생의 끝이 아니다. 그것
은 인생의 절정일 뿐이다. 인생의 절정을 두려워한다면
어찌 인생을 즐거워할 수 있겠는가?"

인도에서 수행하던 시절, 나에게는 라즈니시 말고도 또한 분의 스승이 있었다. 니사르가다타 마하라지Nisargadatta Maharaj. 나는 라즈니시를 떠난 뒤에 그를 찾아갔다. 그때 그는 80세였고, 뭄바이 시내 사창가에 있는 다락방에 살고 있었다. 10대에서 50대에 이르는 다양한 연령대의 여인들이 반나체인 상태로 길가에서 손님을 끌었다. 나는 삶과 죽음에 관한 인생의 크나큰 숙제를 들고 매일 그 길을 걸어 스승을 찾아갔다. 그 길은 같은 여성임에도 그들과 내가 걷는 길이 그토록 다르다는 사실을 생각하게 만드는 길이기도 했다. 옳고 그름을 떠나서 말이다.

당시 뭄바이에서 가장 싼 여인숙 다락방에서 월세로 지내고 있던 나는 언제 넘어져도 이상하지 않을 만큼 위태로운 버스를 두 번 갈아탄 뒤 데쳐진 채소처럼 풀이 죽은 상태가 되어 그곳에 도착했다. 그렇지만 가슴만큼은 스승으로부터 깨우침을 받을 수 있으리라는 희망으로 팽팽해졌다.

가파른 사다리를 조심조심 타고 올라가면 넓은 다락방에 번쩍이는 눈동자와 앙상하게 마른 어린아이 같은 몸을 하고서 앉아 있는 니사르가다타를 만날 수 있었다.

그는 인도는 물론 세계 곳곳에서 찾아오는 손님들을 맞이하고, 그들의 질문에는 자신의 언어로 답했다. 곁에는 늘 통역하는 사람이 함께했다. 나의 질문과 그의 대답이 몇 번 오가고 나면 순식간에 하루가 지나가 버리곤 했다.

그는 죽음에 대해 이렇게 말했다.

"그것은 부분적인 육신의 변화다. 통합integration은 끝나고 해체가 거기에 있는 것이다."

나는 물었다.

"그러면 육신이 있음을 알던 의식의 주체는 어떻게 됩니까? 육신이 사라지면서 그것도 사라지는 건가요?"

"육신을 아는 주체는 육신의 탄생을 통해 생겨났다. 그것은 죽음과 함께 사라진다."

"결국 아무것도 남지 않는단 말입니까?"

그는 천천히 고개를 저었다.

"아니다. 생명이 남는다. 의식은 자신의 현현顯現을 위해 탈 것과 장비를 필요로 한다. 생명이 다른 육신을 생산할 때 다른 의식 주체가 생겨나는 것이다."

"그러면 첫 번째 의식과 두 번째 의식은 서로 관계가 있다고 할 수 있습니까? 그들 사이에 필연적인 인과 관계가 있습니까?"

"그들 둘 사이에 개체 대 개체로서의 분명한 인과 관계는 없다. 그러나 거기엔 기억의 육신, 인연의 몸이라고 할 수 있는 무엇이 전체적으로 흐르고 있다. 그것은 생각되고 욕망되고 성취된 모든 것의 기록이다. 개개의 의식이 그것을 알지 못해도, 그 사이에는 한데 뭉쳐진 구름 같은 형상을 한 그 기록이 전해지고 있는 것이다."

나는 반년 동안 매일 아침 그를 만났다. 그와 함께 나는 살아 있는 인간이 전할 수 있는 가장 위대한 지식을 전수받았다. 나의 공부는 그를 통해서 끝났다고 할 수 있을 것이다.

언제였던가, 인도에서의 그 치열했던 구도도 이제 기억의 한 부분으로 굳어져 가던 무렵이었다. 나는 미국 플로리다에서 종교 무용에 대한 연구를 하고 있었다. 그해 여름은 유난히 더웠다. 30년 만에 맞는 무더위라고 요란하게들 떠들고 있었다. 하필이면 미국에서도 가장 더운 남부 플로리다였다. 낮이면, 흘러내리는 땀과 더위에 몽롱해진 의식 때문에 아무것도 할 수가 없었다. 그럴 때면 바다로 나가 수영을 하곤 했다.

그날따라 왠지 바다 깊은 쪽까지 가보고 싶었다. 잘하지도 못하는 수영 실력으로 겁도 없이 혼자서 멀리까지 헤엄쳐 나갔다. 그러다가 갑자기 파도가 거세어졌는데, 뒤돌아보니 육지로부터 꽤 멀리 나와 있었다. 나는 꼼짝없이 파도 안에 갇힌 신세가 되고 말았다.

파도가 내 몸을 가지고 놀기 시작했다. 나는 이리 뒤엎어지고 저리 내동댕이쳐지며 점점 깊은 바다로 끌려 들어가고 있었다. 바닷물을 몇 모금씩 삼켰다. 옆에는 아무도 없었다. 아무도 없다는 사실이 나를 당황하게 만들었다. 나는 손을 허우적대며 소리를 질렀다. 그러나 그럴수록 더욱 거센 파도 속으로 파묻혀 들어갈 뿐이었다. 물속으로 몇 번씩 곤두박질쳤다 떠오르면서 이제 가망이 없다고 생각했다. 그러자 닥쳐온 것은 공포였다. 나는 또다시 죽음의 공포에 사로잡혀 발버둥 치는 나를 발견하곤 역시 본능적인 공포는 어쩔 수 없다는 생각에 그 와중에도 어떤 서글픔을 느꼈다.

죽음이 이렇게 나를 찾아왔구나. 지난 일들이 주마등처럼 내 머릿속을 스쳐 갔다. 시간이 획일적으로 느껴졌다. 과거도 미래도 현재도 없고 다만 '아하, 시간은 관념이었구나' 하는 그런 허탈. 그러자 이상하게도 꿈에서 깨어난 듯 정신이 맑아지기 시작했다. 스스로도 몸이 오싹해질 만큼 냉정한 침착 같은 것이 찾아왔다. 파도에 몸이 솟구쳤다. 먼 하늘에 떠 있는 구름이 보였다. 그리고 다시 저쪽 해변에 사람이 모여들고 있는 모습이 거꾸로 보였다. 나는 생각했다. 발버둥 치다 죽음에 당하고 말 것이 아니라 능동적으로 받아들여야 한다. 내가 내 죽음의 주인이 되어야지.

"생명은 죽지 않는다. 죽는 것은 너의 에고일 뿐이다."

그동안의 깨우침을 압축한 듯한 문장 하나가 머릿속을 스쳤다. 그것은 라즈니시의 말이었다.

나는 발버둥 치던 것을 그만두고 물결에 나 자신을 완전히 맡겨버렸다. 머리가 어지러워지기 시작했고 몸이 둔해지면서 더 이상 숨을 쉴 수 없었다. 물이 자꾸만 목으로 넘어왔고 더 마실 수 없을 만큼 많은 물을 마셨다. 그런데 어느 순간을 넘어서자 갑자기 몸이 지극히 편안해졌고, 편안해지다 못해 황홀감마저 느껴지기 시작했다. 아마 의식이 희미해지고 있었기 때문일 것이다. 그러

243

더니 일순간 모든 것이 멎었다.

시간도 없는 공간, 넓이를 알 수 없는 암흑. 먼 듯 가까운 곳에서 작은 불빛 하나가 번뜩였다. 시끄러운 소리가 들렸다. 그러더니 모든 것이 갑자기 확 밝아졌다. 나를 둘러싸고 있는 구조대원들과 의사가 보였다. 응급실이었다. 기계들이 내 몸을 누르고 있었다. 나는 끔찍한 두통 때문에 눈을 질끈 감았다 떴다. 의사가 말했다.

"살아났군. 당신, 운이 좋았어. 바닷물로 배를 잔뜩 채웠더군. 만약 그 물로 허파를 채웠더라면 당신은 벌써 저세상으로 갔을 거야."

아, 내가 살아났구나…… 눈물이 주르르 흘렀다. 처음에 그것은 기쁨의 눈물이었다. 생명이 다시 내 육신 속을 감돌아 흐르고 있다는 사실에 안도감을 느껴 눈물이 자꾸만 쏟아져나왔다. 그러나 곧 그 눈물은 자책과 연민의 눈물이 되었다. 살아났다는 것에 기쁨과 안도감을 느끼다니. 도대체 이 기쁨과 안도감이 무엇이란 말인가. 죽기 싫다는 집착의 반증이 아닌가.

조금 전까지만 해도 나는 죽음을 자신 있게 맞이하려 했었다. 분명 두려움을 초월하지 않았던가. 초연하게, 오히려 기쁘게 죽음을 받아들이려 하지 않았던가. 역시, 어쩔 수 없는 것인가……. 나는 초월과 포박 사이에서 아직도 오락가락하고 있었다. 눈을 감았다. 호흡을 가다듬었다. 그리고 나의 가슴을 뻐근하게 채우며 다가왔던 그 의식을 다시 느끼고 놓치지 않도록 명상을 시작했다.

어려운 일이다. 그러니 나는 오늘도 명상한다. 죽음의 주인이 되었다가, 도로 종이 되기도 하는 나의 의식을 한곳에 매어놓기 위해서. 그리고 항상 또렷하게 깨어 있기 위해서……. 깨어 있는 의식으로 나는 오늘도 말한다. 마치 숨을 쉬듯 자연스럽게 죽음을 맞이해야겠다고.

보름달을
바라보며

"혼자서는 사랑을 할 수가 없다."

뉴욕에서 맹렬한 예술가로 지내던 시절, 한 친구가 나에게 한 말이 기억난다. 그는 사업적으로 누구보다 크게 성공한 사람이었지만 늘 혼자였다. 얼굴엔 왠지 모를 쓸쓸함이 고여 있었고, 낯빛만 보면 그가 장차 사업가로서 지금까지도 명성을 떨치게 될 위인이라고는 짐작할 수 없을 정도였다. 그는 늘 슬퍼 보였다. 퀭한 눈가는 눈물이 맺혀 있는 것처럼 늘 축축했다. 어느 식사 자리에서, 그는 가족 단위로 들어서는 손님들을 향해 시선을 두었다. 평범하고 단란한 그 가족이 식탁 앞에 앉는 모습을 오랫동안 바라보더니 이렇게 말했다.

"나는 나중에 가족이 많으면 좋겠어. 가족이 많다는 건 그만큼 사랑할 수 있는 사람이 늘어난다는 뜻이거든."

그때는 잘 알지 못했지만 이제는 그 의미를 이해할 수 있게 되었다.

많은 이들과 함께하며 사랑을 경험하게 해준 곳은 죽산이었다. 사람과 사람 사이에 사랑이 넘칠 수 있다는 것을 느끼게 해준 곳. 타인과 어울려서 함께 살아가고 싶은 마음을 현실로 실현시켜 준 공간. 죽산에서의 삶을 돌아보면 수없이 주고받았던 사랑에 대한 기억이 가득하다. 그곳에는 내가 원했던 삶이 옹골차게 들어 있었다.

물론 그렇다고 해서 외롭지 않았다는 것은 아니다. 사람은 누구나 원래 외로우니까. 그러나 외롭더라도 같이 있는 삶이 그렇지 않은 삶에 비해 더 풍요로운 법이라고 나는 믿는다. 사람과 사람 사이에 생겨나는 사랑, 인간을 오랫동안 건강하게 버틸 수 있게 해주는 힘이 바로 그 사랑임을 믿는다.

죽산 마을 사람들과 함께했던 보름달 파티와 누드 캠

프는 내 삶을 이루는 중요한 조각이 되었다. 그 외에도 밀접하게 삶을 나누는 공동체 생활을 이어갔는데, 나이가 들어가며 언젠가는 다시 그처럼 공동체를 이루고 살아야겠다는 철학이 생겼다. 그러나 한국에는 공동체 운영을 돕는 매니지먼트가 없다. '우리'보다 '나'를 중심으로 여기는 사회이기에 아마 상황은 점점 더 어려워질 것 같다. 그러나 나의 마지막을 위해서라면 언젠가는 꼭 다시 그런 곳을 찾아 떠나고 싶다. 끝없는 자연과 사랑하는 사람들이 존재하는 곳, 사랑을 나누며 살아갈 수 있는 곳을 말이다.

공동체라는 말이 자칫 거창하게 느껴질 수도 있지만 실은 같이 저녁 식사를 하고, 영화를 보며 담소를 나누는 것만으로도 충분하다. 지금 내가 머무는 제주도에서, 이웃집에 찾아가 문을 두드리고 우리 집 테라스에서 차를 한잔 하지 않겠냐고 물은 적이 있다. 하지만 주변 이웃 중 나의 테라스를 찾은 이는 아무도 없다. 아무도 오지 않는 테라스에서 차를 내려 마시는 동안 나는 생각에 잠길 수밖에 없었다. 감정적으로 외롭다기보단 커다란 벽에 의해 단절된 느낌이었다. 아쉬웠다. 차 한잔이 이토록 어려운 일이었던가. 인간은 다른 인간과 함께 어울려 살아야 한다. 박스 안에서 혼자 살 수는 없는 법이다.

다른 소도시나 시골 마을에서 생활한 적도 있지만 죽산만큼 따뜻한 곳은 없었다. 죽산이 특별했다기보다, 이제는 더 이상 그런 시절을 꿈꾸기 어려운 세상이 되었다고 말하는 게 적절할 것이다. 긴 시간을 살아오면서 변화하는 사회 분위기를 몸소 감지할 수 있었다. 상호 교류가 점점 줄어들고 있었고, 같이 점심을 나눠 먹고 밭매고 돕는 시절은 지나가버렸다. 이 모든 것이 우리 모두에게 잘 살아가는 법을 잊게 만든다는 생각이 들었다.

식사든 대화든, 누군가와 함께하는 것을 좋아하는 나는 그것이 인간의 본래 성정이라고 생각한다. 나이가 나이인지라 비슷한 또래의 노인들을 만나면 나는 항상 이런 말을 덧붙인다.

"병원 가서 죽지는 마."

혹은,

"병원 가서 죽는 건 진짜 실패한 거야."

나는 나의 마지막을 병원에서 맞이하고 싶지 않다. 사

랑하는 사람들을 곁에 두고 편안하게 죽음을 맞이하고 싶다. 그들의 얼굴과 숨결과 냄새와 온도를 느끼면서, 작은 생명의 불꽃이 자연스럽게 꺼지는 광경 속에서 그들의 눈동자를 편안하게 바라보며 그렇게 떠나고 싶다. 병원에서 끝없이 약을 주입하고 다시 살려내는 방식은 마치 고문처럼 삶의 과정을 비참하게 만드는 것만 같다. 화장도 마찬가지다. 타고 남은 잿가루를 돌려받는 방식은 인간적이지 못하다. 그 뼛가루를 우리는 정말 사랑하는 가족인 양 여길 수 있을까? 온전한 죽음이 자연스럽게 우리를 찾아오듯이, 그 이후의 과정 역시도 자연스러운 방식을 통해야 하는 것이 아닐까. 죽음의 이미지를 그토록 비극적으로 만든 것은 오히려 병원이 아닐까 하는 생각이 들기도 한다. 병마와 싸우다 끝끝내 결국 몸져눕는 결말이 정해져 있다고나 할까. 그건 정말이지 비극적인 최후가 아닐까.

예전의 죽산으로 돌아가고 싶다. 그 옛날 동네 할머니의 시신을 닦아주며 죽음이 얼마나 평온한 것인지 배웠던 때처럼, 나 또한 그러한 사람들 속에서 죽음을 맞이하고 싶다. 서로의 텃밭도 나누어 가지고 싶다. 그런 곳에서라면 죽음을 향한 마지막 인사도 의미 깊을 것 같다.

나 홍신자는, 살아온 대로 신선하고 자유롭게 가고 싶다. 죽음이라는 것이 슬픔으로 점철된 것이 아니라, 자연스럽고 평온한 것임을 서로 느끼며 기쁜 마음으로 받아들이고 싶다. 그곳에는 예술이 있어야 한다. 음악, 미술, 무용, 시와 독서가 삶을 더욱 풍성하게 만들어줄 것이다. 위로와 격려와 축복이 가득할 것이다.

귀퉁이가 조금 깎인 보름달을 볼 때마다 나는 항상 그때로 돌아가 있다. 구수한 막걸리 냄새와 젖은 흙냄새, 사람들이 사각거리며 움직이는 소리, 주위를 감싸고 있는 따듯하고 포근한 온도. 혼자서는 절대 느낄 수 없는 그 모든 것들. 눈을 감았다 뜰 때마다 어디선가 그들의 웃음소리가 들리는 것 같은 착각이 들었다. 죽산에 있던 이들은 모두 저 위에서 나를 내려다보고 있을까. 처음 만났을 땐 그들이 노인이었는데, 이제는 내가 노인이 되어 혼자서 보름달을 바라보고 있다. 그들이 떠난 나이보다 훨씬 더 나이를 먹은 노인이 되어, 그들에게 가닿을 날을 셈해보기도 하면서.

잠드는 것처럼
편안하게

83세가 된 지금, 나는 죽고 난 이후에 나의 해골을 쓰다듬어보고 싶다는 생각을 한다. 다른 누구와 비교하기는 어렵겠지만, 적어도 내가 추구했던 것 이상으로는 살았다고 자부한다. 인생을 통틀어 아쉬움은 없다. 미련도, 후회도 없다. 돌이켜 보면 모든 것이 경이롭고 감사할 따름이다.

죽음에 가까운 나이가 되어서야 해골을 만져보는 춤을 만들어 무대에 서보기도 했다. 실제 해골을 들고 내가 만들어내고자 했던 것은 죽음을 자연스럽게 껴안고 있는 나의 모습이었다. 해골을 들고 선 나는 젊은 시절 티베트에서처럼 괴상한 표정을 짓지 않았다. 마치 안성에서 친구처럼 지냈던 그 할머니와 같은 표정을 짓기 위해 노력했다. 아무것도 남아 있지 않은 깨끗한 표정.

지난 2020년 나는 이미 나의 장례를 미리 치렀다. 죽음에 가까운 나이임을 알았기에 모든 것을 스스로 준비해 두고 떠나고 싶었다. 나는 제주도의 한 바닷가에 마련한 관에 하얀 소복을 입고 누워 가족들과 친구들을 기다렸다. 멀리서 소리들이 들려왔다. 철썩이는 파도 소리, 바람 소리, 누군가 흐느끼는 소리, 엄숙한 숨소리까지. 누군가가 나의 몸 위로 꽃을 놓고 갔다. 나는 내 죽은 얼굴을 상상하며 가만히 누워 있었다. 상상만 할 뿐인데도 얼굴의 근육이 서서히 풀려갔다. 어느 때보다 마음이 평온하고 깨끗했다. 막 단잠에 빠지는 사람처럼. 장례가 끝나고 누군가는 나에게 이렇게 말했다. 그렇게 아름다운 모습은 처음 보았다고. 마치 내가 죽은 이의 얼굴을 처음 보았을 때처럼 말이다.

이제 언제 떠나도 괜찮을 것 같다는 마음이 들었다. 죽고 없어진 뒤에 치르는 장례가 무슨 의미가 있겠는가. 허례허식은 죽은 뒤에는 더욱 소용이 없다. 이미 치렀으니 이제 내가 정말로 죽는다고 해도 장례는 없다. 나는 그날 이후 매일 밤 그때를 떠올리면서 잠에 든다. 평온하게 죽음을 예행연습 했던 것과 똑같은 방식으로.

죽는 것은 자기 전에 머릿속을 비우는 일과 똑같다. 그저 조금 더 오래 자는 것일 뿐이다. 마지막 바람이 있다면, 죽음을 앞두고도 죽을 수 없는 상황에 처하게 될 경우 안락사를 선택하는 것이다. 10년 뒤에는 걷기 힘들 수도 있고, 치매가 올 수도 있다. 어쩌면 그 모든 것이 찾아오는 데에 10년이 채 안 걸리지도 모르는 일이다. 아프거나 불편한 곳이 점차 늘어나고 있으니.

죽음이 자연스러운 형태로 오지 않아 온전하지 못한 정신으로 병원을 전전하며, 혼자서 씻지도 먹지도 못하고 누군가의 손길 없이는 살 수 없게 된다면, 즉 스스로를 관리할 수 없는 때가 온다면 그때는 가야 한다. 나는 이를 국가가 도와주면 좋겠다고 생각한다. 생의 기로에 선 채 그저 숨만 간신히 깔딱이는 이들을 편안하게 만들어줘야 한다. 안락사를 선택하는 이의 주변 사람들도, 그의 결정을 응원하고 환영해야 한다. 그 누구보다 가족과 친구들이 나서서 먼저 도와줘야 한다.

나는 이미 딸에게 유언을 남겼다. 내가 만약 불의의 사고를 당하거나, 치매를 앓게 되거나, 나 스스로를 건사하기 어려워졌는데 여전히 한국에서 합법적인 안락사가 불가능한 상황이라면 나를 스위스로 데려가 달라고. 이것이 내 마지막 바람이다. 생의 끝자락을 질질 끌며 늘어지지 않고 잠드는 것처럼 편안하게 가고 싶다.

살아온 대로 신선하고 자유롭게 가고 싶다.
죽음이라는 것이 슬픔으로 점철된 것이 아니라,
자연스럽고 평온하다는 것을 서로 느끼며
기쁜 마음으로 받아들이고 싶다.

아무것도 아닌 존재인
나

사람들은 내게 어떻게 하면 자유롭게 살 수 있을지를 묻는다. 그런데 생각해 보면 나는 나 자신에게 솔직한 삶을 살았을 뿐, 남들에게 자유롭게 살라고 적극적으로 가르친 적은 별로 없다. 모두가 불가능하다고 생각하는 늦은 나이에, 남들이 기대하는 대로 살지 않고 춤을 추고 싶다는 속마음이 이끄는 방향을 따라갔다. 솔직함이 나를 춤추게 했다. 그 이후에도 삶의 고비마다 원하는 것을 밝히고 당당히 선택했던 것이, 그대로 자유로운 삶으로 향하는 길이 되었다.

자유는 솔직한 것이다. 솔직하게 모든 현상을 바라보

고 받아들이는 것. 있는 그대로를 보는 것. 그래서 나는 이렇게 이야기한다.

"솔직해지면 됩니다. 용기가 필요하지요."

사람들이 목이 터져라 자유를 찾아 헤매는 것은, 그만큼 자유가 없다는 뜻일 테다. 자유가 없다는 것은 곧 솔직하게 살고 있지 못하다는 것을 의미한다. 상사의 눈치를 보느라 싫은 것도 좋은 척하고, 부모가 원하는 대로 전공을 결정하고, 애인에게 잘 보이기 위해 자신의 단점을 감추고 숨긴다. 사랑하지 않으면서도 손가락질이 두려워 억지로 살고 있는 부부들도 그렇다. 자신에게 솔직하지 못한 삶에는 어둠이 드리운다. 솔직하지 못한 삶은 뿌리 없는 나무와 같다. 순간을 모면하기 위해 상황에 맞는 행동과 말만 한다면 뿌리는 깊게 내릴 수 없고, 뿌리야 내리든 말든 빈약하게 키만 큰 나무는 결국 작은 바람에도 쓰러지고 만다. 반면, 뿌리가 튼튼하면 그 어떤 강한 바람이 불어와도 꺾이지 않는다. 단지 춤을 출 뿐이다. 깊은 뿌리를 지닌 사람들은 평온하고 여유롭다. 자유란 삶의 솔직함을 통해 자신의 뿌리를 강하고 튼튼하게 만드는 것과 같다.

자연적인 존재 중에서 이토록 자유를 찾는 것은 오직 인간뿐이다. 나무도, 들풀도, 그 어떤 자연물도 자유를 부르짖지 않는다. 그들은 이미 자유롭기 때문이다.

자유는 때때로 선택이라고도 표현할 수도 있다. 우리는 항상 선택을 하며 살아간다. 그 선택이 정말 솔직했는가, 한 번쯤 생각해 보아야 한다. 무엇이든 선택할 수 있거나 혹은 반대로 선택의 여지가 없을 때도 있겠지만 그때에도 솔직한 반응을 내보여야 한다. 사회의 규범이나 관습 앞에서 대부분의 사람들은 자유를 쉽게 포기한다. 그러나 선택한다는 것은 자기 존재의 이유다.

내가 가진 비결은 간단하다. 선택의 순간이나 판단의 순간에 나는 스스로를 사랑했다. 솔직함의 자유에는 어떤 두려움도 끼어들지 못한다. 꽃이 바람에 날아가는 제 꽃가루를 붙잡지 않듯이, 새가 저의 목소리가 고운지 미운지 개의치 않고 지저귀듯이, 나무가 잎사귀를 몽땅 떨구고도 움츠리지 않듯이. 흙탕물 속에서도 피어나는 연꽃처럼 자유는 숨길 수도 감출 수도 없는 것이다.

나는 자연으로부터 안정과 평온을 얻는다. 자연 속에

서 내가 누구인지를 잊어버리려 한다. 숲속에 앉아 게으름과 지루함에 자신을 완전히 내맡기고 문자 그대로 그저 숨만 쉬면서 살다 보면 나는 까마득하게 흐려진다. 왜냐하면 그 무엇과 나를 구분할 필요를 못 느끼기 때문이다. 나는 이런 상태에서 행복을 느낀다. 깨달음을 얻고자 했던 그동안의 모든 노력은 바로 이런 순간에 이르기 위해서가 아니었을까. 깨달음을 얻기 위해 나는 스스로에게 품고 있는 환상을 깨뜨리는 것부터 시작했었다. 그러려면 우선 내가 나에게 품고 있는 생각을 환상이라고 인정해야 한다.

타인에 대한 환상은 부정적인 현장을 목격하는 것만으로도 간단히 부서진다. 그 환상이 부서졌을 때의 아픔이란 것도 별것 아니다. 그러나 자신에 관해서라면, 상황이 좀 다르다. 자신에 대한 환상은 너무나도 교묘히 짜인 하나의 작품이자 명작이라, 어디를 건드려도 모순을 찾아내기 힘들 만큼 논리적이고 또 조직적이다. 이 명작을 창조한 작가는 바로 교활하고 영악한 나, 자신이다. 이 환상은 깨뜨리기도 힘들고, 힘겹게 깨뜨리고 난 뒤의 고통도 크다.

내가 지금 완전히 자유롭다고는 생각하지 않는다. 때로는 이 세상에서 가장 자유롭지 못한 인간이 바로 나인 것 같다는 생각마저 들 때도 있지만, 한 가지 분명한 것은 있다. 그것은 내가 적어도 지금까지 자유를 절실히 추구하며 살아왔다는 사실이다. 환상을 깨트리기 위한 치열한 과정, 그 싸움의 순간들에 있었던 이야기를 달리 들어줄 사람이 없는 지금. 나는 종이 위에서 대화를 시작하기로 했다. 그러니 여기에 담겨 있는 이야기는 삶의 조건들로부터 자유로워지고자 애썼던 나의 흉터들이다.

생의 마지막 날까지

초판 1쇄 인쇄 2023년 8월 28일
초판 1쇄 발행 2023년 9월 6일

지은이 홍신자
펴낸이 김선식

경영총괄 김은영
콘텐츠사업2본부장 박현미
책임편집 임고운 **디자인** 정명희 **책임마케터** 문서희
콘텐츠사업6팀장 임경섭 **콘텐츠사업6팀** 한나래, 임고운, 정명희
편집관리팀 조세현, 백설희 **저작권팀** 한승빈, 이슬, 윤제희
마케팅본부장 권장규 **마케팅4팀** 박태준, 문서희
미디어홍보본부장 정명찬 **영상디자인파트** 송현석, 박장미, 김은지, 이소영
브랜드관리팀 안지혜, 오수미, 문윤정, 이예주
지식교양팀 이수인, 염아라, 석찬미, 김혜원, 백지은
크리에이티브팀 임유나, 박지수, 변승주, 김화정, 장세진
뉴미디어팀 김민정, 이지은, 홍수경, 서가을
재무관리팀 하미선, 윤이경, 김재경, 이보람, 박성완
인사총무팀 강미숙, 김혜진, 지석배, 박예찬, 황종원
제작관리팀 이소현, 최완규, 이지우, 김소영, 김진경, 양지환
물류관리팀 김형기, 김선진, 한유현, 전태환, 전태연, 양문현, 최창우

펴낸곳 다산북스 **출판등록** 2005년 12월 23일 제313-2005-00277호
주소 경기도 파주시 회동길 490
전화 02-704-1724 **팩스** 02-703-2219
이메일 dasanbooks@dasanbooks.com
홈페이지 www.dasan.group **블로그** blog.naver.com/dasan_books
용지 아이피피 **인쇄** 민언프린텍 **제본** 다온바인텍 **코팅 및 후가공** 제이오엘엔피

ISBN 979-11-306-4593-3 (03810)